Darkness Visible

看得见的
黑暗

A Memoir of Madness

［美］威廉·斯泰隆（William Styron）著

马韧 译

湖南文艺出版社
HUNAN LITERATURE AND ART PUBLISHING HOUSE

博集天卷
CS-BOOKY

DARKNESS VISIBLE

Copyright © 1990 by William Styron

This edition arranged with InkWell Management, LLC.

Through Andrew Nurnberg Associates International Limited

Illustrations © Owen Gent

著作权合同登记号：图字 18-2020-233

图书在版编目（CIP）数据

看得见的黑暗 /（美）威廉·斯泰隆
（William Styron）著；马韧译 . -- 长沙：湖南文艺出
版社，2022.1
书名原文：Darkness Visible: A Memoir of
Madness
ISBN 978-7-5726-0147-7

Ⅰ . ①看… Ⅱ .①威… ②马… Ⅲ .①回忆录—美国
—现代 Ⅳ.① I712.55

中国版本图书馆 CIP 数据核字（2021）第 071625 号

上架建议：心理学·非虚构

KAN DE JIAN DE HEI'AN
看得见的黑暗

作　　者：［美］威廉·斯泰隆（William Styron）
译　　者：马　韧
出 版 人：曾赛丰
责任编辑：吕苗莉
监　　制：吴文娟
策划编辑：黄　琰
特约编辑：包　玥
营销编辑：闵　婕　傅　丽
版权支持：姚珊珊　王媛媛
封面设计：潘雪琴
版式设计：潘雪琴
出　　版：湖南文艺出版社
　　　　　（长沙市雨花区东二环一段 508 号　邮编：410014）
网　　址：www.hnwy.net
印　　刷：三河市兴博印务有限公司
经　　销：新华书店
开　　本：855mm×1180mm　1/32
字　　数：65 千字
印　　张：4
版　　次：2022 年 1 月第 1 版
印　　次：2022 年 1 月第 1 次印刷
书　　号：ISBN 978-7-5726-0147-7
定　　价：58.00 元

若有质量问题，请致电质量监督电话：010-59096394
团购电话：010-59320018

献 给 罗 丝

Darkness Visible

作者的话

本书的雏形是一九八九年五月我在约翰·霍普金斯大学医学院精神病学系主办的一场座谈会上的发言稿。座谈会讨论的内容是情感障碍（affective disorders）。后来，我对发言稿进行了大量扩增，便有了同年十二月发表在《名利场》（*Vanity Fair*）杂志上的文章。我原打算从我去巴黎的旅行写起，因为那趟旅行对我的病情发展有着重要影响。尽管当时杂志方给我留出的版面已非常慷慨，但空间仍然有限，鱼与熊掌不可兼得，所以权衡之下我不得不将那段经历舍弃。现在我在本书的开头补充上了这一部分。至于其余的内容，除了一些细微的增改，基本保持了原样。

——W. S.

本书中所有药物使用仅为作者个人经历，切勿盲目参考。患者如需用药，请遵医嘱。

因我所恐惧的临到我身；
我所惧怕的迎我而来。
我不得安逸，不得平静，
也不得安息，却有患难来到。

——《约伯记》第 3 章第 25~26 节

一

那种痛苦的感觉是真实且活跃的，

对于正常人而言，它是一种完全未知的心理神经痛。

一九八五年十月下旬，在巴黎的一个寒冷夜晚，我第一次清楚地意识到，令我苦苦挣扎的精神疾病可能会带来致命的后果。这种痛苦已经折磨我好几个月了。当时，我正乘坐汽车行驶在离香榭丽舍大街不远的一条街道上，路面被雨水刷洗得光滑如镜。当车子从华盛顿酒店耀眼的霓虹灯招牌旁驶过时，我突然意识到，这里是我头一次来巴黎时最初几夜的暂住之所。但从一九五二年春至今，我已有近三十五年再未到访此处。那时我大学刚毕业，准备外出游历一番。在最初几个月里，我从哥本哈根乘火车来到巴黎。在我那位身在纽约的旅行社代理突发奇想的安排之下，我一落地就径直去了华盛顿酒店。那里潮湿而简陋，是当时众多专供像我一样经济并不宽裕的游客（大部分是美国人）歇脚的客栈之一。在那里，我带着紧张的心情第一次接触到了法国人并亲身领略了他们古怪的嗜好——我永远都会记得，他们在简陋单调的卧室中摆了一个充满异国情调的净身池，而马桶却被安排在光线不足的走廊的最远端。其实，这正是对横亘在高卢和盎格鲁–撒克逊两种文化之间的那条巨大鸿沟的极其形象的诠释。我在华盛顿酒店待的时间并不长。未出数日，在一帮新结识的年轻美国朋友的鼓动下，我便从那儿搬了出来。他们把我安顿在位于蒙帕尔纳斯（Montparnasse）的一家酒店里。那里虽然更加破旧，却多姿多彩，离多摩咖啡馆[1]（Le Dôme Café）和其他一些非常适合我们的文学聚会场所也只有咫尺之遥。（当时我才二十五六岁，刚刚出版了第一本小说，也算是个名人。只不过，我这个名人的档次并不太高，身在巴黎的美国人鲜少有人听说过我的书，就更甭提读过了。）就这样华盛顿酒店渐渐地从我的记忆中消失了。

然而，在这个十月的夜晚，当我在细雨中从酒店的灰色石门前经过时，它又重新出现了——多年前初次到访时的记忆开始如潮水般涌了回来，让我感觉我的人

1　位于巴黎大四区蒙帕尔纳斯一〇八号，自二十世纪初开始，这里就是一个知识分子聚集的地方。

生仿佛命中注定般在兜了一大圈之后又回到起点。我还记得第二天早晨离开巴黎回纽约时，我曾对自己说，这一走就等于永别，我再也见不到法国了，就像我再也找不回健全的心智，因为后者正以快得可怕的速度舍我而去。这些想法在我的头脑中如此确凿，令我自己都感到害怕。

数日前，我刚刚接受自己确已患上抑郁症的事实，而且正为如何应对它感到束手无策，即使巴黎此行有一件专门为之而来的大喜事也无法令我心情好转。在抑郁症各式各样并且极其可怕的表现形式（无论是生理还是心理上的）中，人们所经历过的最为普遍的症状是产生一种自我厌恶感（如果不想表达得太绝对的话，也可以说是自尊的丧失）。随着病情的加剧，那种感觉自己一文不值的普遍心理令我愈加痛苦不堪。而且我这份糟糕透顶的郁郁寡欢看上去不免有些讽刺，因为我是飞来巴黎领奖的，虽然只待四天，时间仓促，但这本该是个能让我找回自尊，焕发光彩的时刻。那年夏天早些时候，我被告知获得了法兰西学会的奇诺·德尔杜卡世界奖（Prix Mondial Cino Del Duca）。该年度奖项的颁发对象都是一些作品或研究成果能反映某种"人文主义"主题或准则的艺术家或科学家。该大奖是为纪念来自意大利的移民奇诺·德尔杜卡（Cino Del Duca）而设立的。他在第二次世界大战前后靠印制和发行廉价杂志（主要是漫画书）赚到了第一桶金，后来又涉足高端出版领域并成了《今日巴黎报》（*Paris-Jour*）的所有者。同时，他还制作电影，并且是一位著名的赛马拥有者——许多在法国和国际比赛中夺冠的良驹都是他的厩中之物。为了实现更卓越的文化成就，他又进而成了一位著名的慈善家，并捎带着成立了一家图书出版公司，开始出版具有文学价值的作品［而我的第一本小说《躺倒在黑暗中》（*Lie Down in Darkness*）的法文版，则有幸成为德尔杜卡出版的作品之一］。到一九六七年他去世的时候，这家世界出版社（Editions Mondiales）已成为他多元帝国中的一个重要实体。他不仅财力雄厚，而且声望日盛，等到德尔杜卡的遗孀西蒙娜（Simone）创办基金会来专门负责颁发这个与德尔杜卡同名的年度奖项时，人们早已把他以发行漫画书发迹的往事抛诸脑后。

在醉心于颁发各种文化大奖的法国，奇诺·德尔杜卡世界奖之所以越来越受重视，不仅是因为它在评选获奖者的过程中所表现出的折中主义及其独特性，也与其大手笔的奖金金额不无关系。那年的奖金约为二万五千美元。在此前的二十年间，它的获奖者名单里有康拉德·洛伦茨（Konrad Lorenz）、阿莱霍·卡彭铁尔（Alejo Carpentier）、让·阿努伊（Jean Anouilh）、伊尼亚齐奥·西洛内（Ignazio Silone）、安德烈·萨哈罗夫（Andrei Sakharov）、豪尔赫·路易斯·博尔赫斯（Jorge Luis Borges），以及唯一一名美国人——刘易斯·芒福德（Lewis Mumford）。作为一个美国人，能与以上诸君同列，我很难不为此深感荣幸。尽管颁发和接受这些奖项常常会从各方面招致一些诸如假谦虚、诽谤、自我折磨和嫉妒等不良倾向，但我个人认为，有些奖项，虽然并不是非拿不可，但若真的拿到了也不失为一桩美事。德尔杜卡世界奖对我的错爱委实是坦诚的，我如果还非要再大肆自我批评一番反而显得我不明事理。所以，我愉快地接受了此奖，并回函说，对他们提出的获奖者必须出席颁奖仪式这一合理要求我乐于从命。我当时憧憬的是一次悠闲的旅行，而非仓促的往返。假如我事先知道临近颁奖的时候我会是这种精神状态，我可能根本就不会接受这个奖项。

抑郁症是一种心理失调的状态，它被自我——冥想智力（meditating intellect）——所感知到的方式是如此痛苦莫名而又高深莫测，非言语所能描述。对那些未曾亲身体验过它极限状态的人而言，它是近乎难以理解的。尽管人们都偶尔会因为日常生活中所遭遇的种种烦心事而产生沮丧情绪，也就是所谓的"忧郁时刻"（the blues），也因此能对这一疾病的灾难性后果多少有所体会。但此刻我所要讲述的那段时期，我的病情已经远比为人们所熟悉的可控的低迷阶段要严重得多。现在回想起来我才意识到，当时在巴黎，我其实正处于病情发展的重要阶段，一个不祥的中间点：起点是那年夏天早些时候，当时疾病还只是模模糊糊露出了些苗头；而终点是那年十二月，它以近乎极端的方式把我送进医院。稍后我将试着讲一讲这场疾病是如何从最初的开端逐步恶化到把我送进医院，直至最后康复的。不管怎么说，这趟巴黎之行都对我有着极其重要的影响。

颁奖典礼按原计划是中午开始，然后是正式的午餐会。早上十点多，我在皇家庞特酒店的客房中醒来，并对自己说，今天感觉还算正常。我还特地把这个好消息告诉了我的妻子罗丝。在抗焦虑镇静剂酣乐欣[1]（Halcion）的帮助下，我克服了失眠，睡了好几个小时，所以精神还不错。但我知道，我那苍白无力的欢呼只不过是习惯性的错觉而已，并没有任何意义，在夜幕降临之前，我的感觉肯定又会变得糟糕透顶。到了这个时候，我需要对病情恶化的每个阶段都仔细地进行监控。如今，我终于承认自己患上了抑郁症，但在之前的几个月里，我一直都拒绝相信这个事实。起初，我认为我身体上的不适、紧张和突如其来的焦虑跟戒酒有关。因为那年六月，我突然把威士忌和其他所有酒精饮品都戒掉了。在我精神状态持续恶化的那段时间里，我阅读了许多与抑郁症相关的书籍，其中既有给外行人看的入门读物，也有颇具分量的专业著作，包括被精神病医生们奉若圭臬的《美国精神病学协会精神病诊断和统计手

---

1 药品的主要成分是三唑仑。

册》，简称*DSM*[1]。在医学方面，我一生中大部分时间都被迫靠自学（或许这并不明智），因此积累了比一般人更多的医学知识（我敢肯定，我的许多朋友都曾把我的胡诌当了真）。论危害性，抑郁症在医疗层面可以和糖尿病或者癌症相提并论，而我对抑郁症却一无所知，这令我非常惊讶。但这很可能是因为，作为一名抑郁症初期患者，我一直在下意识地拒绝或忽略这方面的相关知识。它们过于尖刻、露骨，所以我将其猛推至一旁，不欢迎它们加入我的知识储备。

无论如何，在抑郁症缓和下来的那几个小时里，我的注意力难得可以保持集中状态，为了填补这一真空，我近来进行了大量阅读，也因此接触到了许多很有意思但也非常令人不安的资料。可我拿着它们却派不上任何实际的用场。那些最坦率的权威人士都会直言不讳地告诉人们这个事实：就目前而言，对于严重的抑郁症我们尚无有效的治疗手段。它与比方说糖尿病不同，对于糖尿病，人们能够迅速采取措施，通过重新调整人体

1　全称为*The Diagnostic and Statistical Manual of the American Psychiatric Association*。

对葡萄糖的适应能力，使病情的恶化得到极大的控制和逆转。但在抑郁症发展的几个主要阶段，人们根本没有立竿见影的治疗方法：病痛无法得到缓解，是抑郁症最令患者痛苦不已的因素之一。抑郁症之所以能跻身于最具危险性的疾病之列，多少也是拜这一点所赐。通常，除了被严格诊断为恶性或变异的疾病，我们都能通过服药、物理疗法、饮食或者手术，对疾病进行治疗，从而改善病情。从症状开始缓解到最终完全治愈，会有一个合理的发展过程。但如果一个没有多少医学知识的人患上了严重的抑郁症，他会惊恐地发现，市面上能找到的相关书籍大多只是在谈理论和症状，很少有谁敢底气十足地断言这种疾病能被迅速治愈。即使真有人敢这么说，他有可能只是在夸夸其谈，更可能是在成心骗人。当然，为人们讲解如何治疗抑郁症的大众图书的确也还是有的。这些书告诉人们，除了一些极其顽固和破坏性极大的病例，某些治疗方法（心理治疗或者药理疗法，抑或是二者相结合）的确能使患者康复。但即使是这中间最具见地的那些书都无不在强调一个真相：严重的抑郁症绝不会在一夜之间消失无踪。所有这些道出了一个

根本而又严峻的现实，我觉得有必要在开始讲述我那段
经历之前就把它明确指出来：抑郁症这种疾病至今仍是
个巨大的谜。与其他许多危险的疾病相比，抑郁症对旨
在探索其奥秘的科学研究表现得最为抗拒。可即便是
这样，在今天的精神病学领域里，居然还存在着激烈
的流派之争，这种争执有时甚至会尖锐到荒唐可笑的地
步——心理治疗的支持者与药理疗法的拥趸之间所存在
的分歧活脱脱就是十八世纪的那场医学争论（放血还是
不放血）的翻版。不过这种局面本身也是对抑郁症高深
莫测的本质及其治疗难度的最好证明。正如该领域的一
位临床医生对我坦言的那样（我觉得他打的这个比方实
在惊人地准确）："如果拿哥伦布发现美洲来比喻我们
对抑郁症的了解，那么我们现在只是刚刚抵达了一个叫
巴哈马的小岛，但对整个美洲大陆尚一无所知。"

比如说，通过阅读我了解到，我得的抑郁症至少
在一个很有意思的方面是反常的。大多数刚开始患这种
病的人早上都会卧床不起，因为受疾病的影响他们根本
起不来床。随着一天中时间逐渐消逝，他们的感觉才会
逐渐好转。但我的情况恰好相反。在一天中最开始的那

段时间，我几乎能像正常人一样起床和工作，可从下午三点多或者再晚一点开始，我就会开始感觉到病症在发作——我整个人都仿佛被笼罩在一片黑暗之中，那是极其恐惧和疏离的感觉，尤其还有着一份令人窒息的焦虑。病人究竟是在早上还是晚上感觉最为痛苦，我觉得，从根本上讲，这个问题并不重要：如果病人之间那种近乎瘫痪的痛苦状态都极为相似的话（它们很有可能是的），那么状况出现的时间先后只是个纯学术的问题。但有一点是毫无疑问的：正因为抑郁症在我身上发作的时间与通常情况下的正好相反，那天早上我才能够顺顺当当地来到坐落在巴黎右岸的那座流光溢彩的华丽宫殿，奇诺·德尔杜卡基金会的所在地。在意大利洛可可式的大厅里，在一群法国文化界人士的见证下，我领授了该奖，也发表了一番自认为还过得去的获奖感言。我还说，尽管我打算将大部分奖金都捐给一些旨在促进法美两国友谊的机构，包括在讷伊镇的巴黎美国医院，但躬行利他主义也得有个限度（这是句玩笑话），所以，如果我真替自己截留下一小部分奖金，还望大家不要见怪。

12

有些话（并不是玩笑）当时我并没有明说，我把截留下来的那部分奖金给罗丝和我自己买了次日搭乘协和客机返回美国的机票，因为我在来之前已经约好了心理医生。尽管疾病带来的痛苦在不断加剧，但由于（我敢肯定是这个原因）我不愿接受我的精神正濒临崩溃这一事实，因此在此前的几周里，我一直在逃避寻求精神病治疗方面的帮助。但我也知道，我不能再这样无限期地耽搁下去了，我必须正视这个问题。所以在出发前我终于通过电话联系到一位别人向我极力推荐的心理咨询师，但他还是劝我按原计划前往巴黎，他说他会等我从巴黎回来后马上见我。我那时非常需要赶回去，而且得尽快。尽管种种迹象表明，我的病情已经非常严重，但其实我的内心仍然对病情抱持着一种乐观的态度。正如我前面所说，许多有关抑郁症的出版物都试图给人们灌输一种信心，即只要能找到合适的抗抑郁药物，那么，抑郁症所有的症状几乎都能被控制住，甚至被逆转过来。读者们当然很容易就被这种能够迅速见效的承诺所影响。因此当我还在巴黎的颁奖台上致辞的时候，我就已经在巴望着这一天能早点结束，然后我可以立刻返回美国，见到我的那位医生，而他会用他的灵丹妙药把我所有的抑郁一扫而空。我对当时的心情至今仍记忆犹新，我简直不敢相信，那时的自己居然如此天真，心存奢望，完全没有察觉即将到来的痛苦和危险。

西蒙娜·德尔杜卡，深色头发，身型高大，举手投足之间无不透着优雅。颁奖典礼结束以后，我对她说，我恐怕不能和她还有另外十几位把我选为最终获奖者的法国学术院的院士们一起去楼上大厅参加午餐会了。听我说完，她先是有些怀疑，然后便动了怒。她的反应并不令人感到意外。因为我的拒绝不但强势，而且直愣愣的。我直截了当地告诉她，我和法国出版商弗朗索瓦丝·加利马尔（Francoise Gallimard）女士约好要在一家餐厅共进午餐。当然，我这个决定的确很不像话，因为楼上的这场午餐会——为庆祝我获奖而举办的午餐会——是当天颁奖典礼的重要环节之一，早在几个月前就已经向我和所有其他嘉宾宣告过此事。可我的这一举动乃疾病所致。我的病情当时已经恶化到了十分严重的地步，一些众所周知同时也是最为凶险的标志性症状已经开始在我身上显现：思维混乱、精神无法集中、记忆力下降。而接下来，我的全部意识都将被一种混乱无序的断裂感（sense of disconnection）所主宰。正像我此前说过的，这个时候，我已经有了类似情绪起伏（bifurcation of mood）的表现：在每天最开始的几个小时里，我的神志还算清醒，可一到下午和晚上就会开始变得昏昏沉沉。我准是在头一天夜里神志不清的时候约弗朗索瓦丝·加利马尔共进午餐，却把我早已答应过德尔杜卡的事忘在了脑后；而这一决定接下来还一直完全控制着我的思维，让我的内心变得这样固执，以至于居然会对尊敬的西蒙娜·德尔杜卡做出那样的轻慢之举。

"那——"她一边大声对我说，一边尽可能表现得优雅和镇定，与此同时，她的脸却因为生气涨得通红，"再……见！"就在那一瞬间，我大吃一惊，被自己刚才的举动吓得目瞪口呆。我想象着一张餐桌，桌子旁边坐着女主人和那些法兰西学术院的院士，还有莅临圆顶餐厅的诸位嘉宾。于是，我开始向德尔杜卡夫人的助手——一位戴着眼镜，手拿笔记板，面色惨白，表情窘迫的女士——不住地解释，试图弥补我刚才造成的伤害："这是个糟糕的错误，全搞砸了，这绝对是个误会。"紧接着，从我嘴里又蹦出了几个字。一辈子都泰然自若，对自己的心理健康有着非凡自信的我简直无法相信，那几个字竟然出自我口。可我的确听见自己对那位与我毫不相干的陌生人说出了几个令我不寒而栗的字眼。"我这是病了，"我说，"精神病。"

德尔杜卡夫人大度地接受了我的道歉，接下来的午餐会也再无波澜。在有些拘谨的闲聊过程中，我始终无法摆脱内心的惶恐：我的这位女恩人一定还对我方才的举动感到不满，她肯定觉得我就是个怪胎。在漫长的午餐会结束后，我感觉整个下午自己都笼罩在焦虑和恐惧的阴影之中。这时有一个国家级电视频道的摄制组正在等我（我也把他们给忘了），准备带我去新开张的毕加索博物馆。按原计划，他们将在那里为我拍摄一组参观展览以及和罗丝一块交流心得的镜头。可结果正如我所预料到的，这趟博物馆之行非但不是轻松愉快的漫步之旅，反倒成了一场痛苦的挣扎与折磨。去博物馆的路上交通很拥挤，我们到达时已是下午四点多，而我的大脑又一次被那种熟悉的感觉所围困：惊恐和混乱，我的全部思维仿佛都被某种有毒却又难以名状的潮水吞噬，将我对现实世界所做出的任何愉悦反应连根拔走了。说得直接一点，其实就是，我根本感受不到快乐，在这样一场云集了各方面的杰出之士的奢华庆典上，我本应该快乐，但恰恰相反，当时我内心的那种感受，近似但又不同于现实中的痛苦，实非言语所能描述。讲到这儿，就这种病令人难以捉摸的本质，我必须再说几句。我之所以用"非言语所能描述"来形容它实非心血来潮。要知道，古往今来受过这种疾病折磨的人们不计其数，他们中的大多数也肯定将他们所经历的苦难一五一十地向他们的亲友们（乃至他们的医生）描述过。如果那种痛苦的感觉真的那么轻而易举就能被描述出来，人们对这种疾病的了解怎么可能仍像今天这样如此匮乏？人们之所以对它缺乏了解，并非因为他们缺乏同理心，而是因为作为健康人根本就无法想象那种痛苦的程度。那与他们日常的体验有着天壤之别。就我自己的经历而言，那种痛苦与溺水或者窒息的感觉最为接近，可即使这样的描述仍不够准确。《宗教经验之种种》（*The Varieties of Religious Experience*）一书的作者威廉·詹姆斯（William James）同抑郁症抗争了多年，可最终他也不得不放弃为世人对该疾病做出一个全方位描述的努力，而且他还暗示，那几乎是不可能做到的。他在《宗教经验之种种》里写道："那种痛苦的感觉是真实且活跃的，但对正常人而言，它是一种完全未知的心理性神经痛（psychical neuralgia）。"

参观博物馆的过程中，痛苦持续存在，并且在几个小时后我回到酒店房间时到达顶峰。我跌倒在床上，两眼直瞪着天花板，身体已几乎无法动弹，整个人进入了一种极度不适的恍惚状态。之所以说恍惚是因为这种时候，我的头脑已不再具有理性思考的能力。我实在找不出更合适的言语来形容我当时的状态——我的认知被"真实且活跃的痛苦"所取代，整个人都处于一种无依无靠的麻木状态。在这段间歇期，最令人难以忍受的一件事就是失眠。和很多人一样，我这辈子有一个习惯，午后要美美地睡上一觉，而抑郁症最臭名昭著的危害性病征就是它对正常睡眠机制的破坏。如今，除去造成夜间失眠的痛苦，它又把睡不成午觉的屈辱强加在了我的身上。与晚上相比，睡不成午觉似乎是小事一桩，但其实它更可怕，因为它正好发生在一天中病痛最剧烈的时

段。很明显，这种疾病会令我疲于奔命，连短短几分钟
的喘息之机都不给我。当时我躺在那儿，罗丝则坐在一
旁看书，我至今都清楚地记得，我当时脑子里止不住地
想，不管是下午还是晚上，情况都在明显越变越糟，而
今天是到目前为止最糟糕的一次。可我还是强打精神，
和别人一道共进了晚餐——还能和谁呢？当然是弗朗
索瓦丝·加利马尔，也就是除西蒙娜·德尔杜卡夫人之
外，那场午餐会风波的另一位受害者。那天夜里寒风刺
骨，湿冷的狂风时不时从街道上刮过。我和罗丝在华灯
初上的洛林啤酒馆见到了弗朗索瓦丝和她的儿子，还有
另外一位朋友。啤酒馆离凯旋门不远，当时天上正下着
瓢泼大雨。共进晚餐的朋友当中可能有人察觉出我的精
神状态不佳，便为当晚的恶劣天气向我表示了歉意，我
记得，我当时在想，即便今晚我赶上的是巴黎最为人称
道的鸟语花香、春光旖旎的好天气，我的反应也还是会
像具僵尸一样。在抑郁症笼罩的世界里，无所谓天气如
何变化，那里的灯也总是断电的。

　　晚餐刚吃到一半，我就稀里糊涂把那张二万五千美
元的德尔杜卡奖金支票给弄丢了。支票原本被我塞进了

夹克胸前的暗袋里，可当我无意间伸手往那儿摸了一下时，才发觉支票不见了。我是不是"成心"把钱给弄丢了呢？那些天我一直都很不安，因为我总觉得自己不配得这个奖。我相信，人任何偶然的举动，其实都是下意识做出的。遗失支票并不是损失什么，而是拒绝接受它的一种方式，而这个拒绝的举动其实是自我厌恶（抑郁症最显著的标志）所导致的结果，这么去想，也就容易理解了。就是因为它，我才会觉得自己不配得这个奖，甚至这些年来我从人们那里得到的所有赞誉全都不配得到。不管支票到底是怎么被弄丢的，反正它不见了。发现这件后，我在晚餐上的表现更加糟糕：面对丰盛的海鲜拼盘，我全无胃口；用餐时，一个强装的笑脸我都无法做到；而席间与朋友们的交流更是几乎以完败告终。到这个时候，病痛已使我变得极度内向，并且对我的语言组织能力形成了巨大干扰，除了些许嘶哑的杂音，别的我什么都说不清楚。我感觉我的眼睛逐渐斜视成了鱼眼，话也越来越少。我还感觉到我那几位法国朋友的不安，他们似乎也觉察出我所处的窘境。当时的情景像极了那些低劣的轻歌剧中的一幕：所有的人都凑近地板，寻找那笔不翼而飞的财富。我正要冲大伙儿示意"别找了，走吧"时，弗朗索瓦丝的儿子找到了支票。它不知怎地从我的口袋里滑了出去，掉在了旁边的桌子底下。我们这才离开餐馆，走进外面的雨夜。我坐在车里，忽然想起了阿尔贝·加缪（Albert Camus）和罗曼·加里（Romain Gary）。

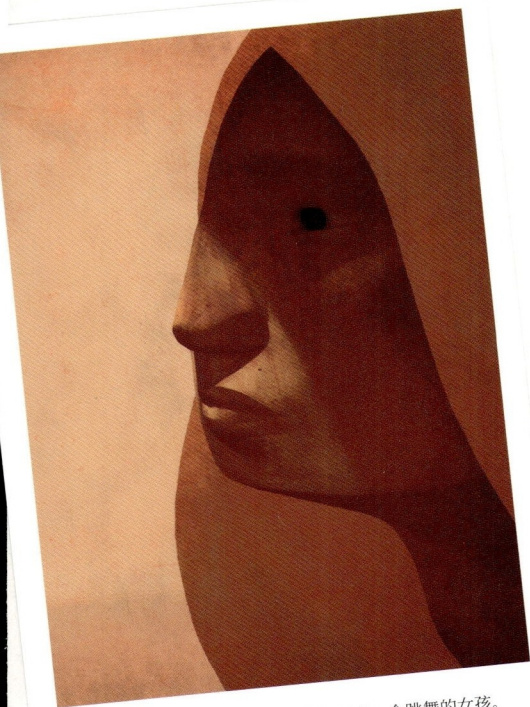

哲学的根本问题，

生不如死。

梦里好像有一根长笛、一只野鹅，还有一个跳舞的女孩。

《看得见的黑暗》

当我还是一名年轻作家的时候，曾经有一个阶段是加缪为我的生活观和历史观的形成奠定了基调。他对我的影响超过其他任何一位当代文学界的人物。我读过他的小说《局外人》（*The Stranger*），也许我该更早一点读它——那时我已三十出头。读完之后，我的心里顿时生出一种强烈的认同感，只有那些能把真挚感情和优美风格完美结合，真知灼见让你的心灵骨髓为之震颤的作家的作品，才能给你带来这种感觉。小说的主人公默尔索（Meursault）身上那种无尽的孤独感一直萦绕在我的脑海中，以至于在我开始动笔写《纳特·特纳的自白》（*The Confessions of Nat Turner*）时，我甚至把加缪的叙事手法也一股脑照搬了过去：让故事从一个临刑之前被单独囚禁在狱室中的犯人的自白开始。对我来说，冷漠孤僻的默尔索与一百年前那位命运同样悲惨且充满叛逆精神的前辈——纳特·特纳，在精神上有着相通之处——他们都受到世人和上帝的谴责与抛弃。加缪的随笔集《关于断头台的思考》（*Reflections on the Guillotine*）简直就是一份弥足珍贵的文献，绝妙而富于激情的雄辩比比皆是，即便是报复心最强烈的死刑拥护者，在读完他以如此诚恳且清晰的笔致所陈述的严峻事实后，很难想象他们中还会有谁坚持原来的观点。反正对我而言，那本书永远地改变了我的想法，它不但完全转变我的立场，让我从此坚信，在本质上，死刑就是野蛮残暴的行径；而且，它在培养我的责任感等操守方面也功不可没。加缪就是我思想的清洁工，他帮我摆脱了无数消极懒惰的念头：在我被最不安的悲观和厌世情绪包围时，也是他使我被生命中谜一般的希望重新唤醒。

我一直都为自己与加缪缘悭一面而深感惋惜，而这份惋惜又因为我曾与得遂此愿失之交臂而变得更加深切。我曾计划在一九六〇年去法国的时候和他相见。同是法国作家的罗曼·加里甚至已经给我来信，说会安排我和加缪在巴黎见面并共进晚餐。那时候，我对才华横溢的加里还不太了解，但后来他成了我的挚友。加里当时告诉我，他和加缪私交甚笃，而后者在读过我写的《躺倒在黑暗中》一书后对它赞不绝口。得闻此讯，我自然是受宠若惊，我想，若能和他聚上一聚，实乃人生一大幸事。可还没等我人到法国，可怕的消息就已传来：加缪死于一场车祸，年仅四十六岁。在此之前，从未有哪位素昧平生之人的离世给我带来如此强烈的丧失感。尽管开车的并不是加缪本人，但他想必也知道，他的那位司机，也就是他出版商的儿子，是个飙车族。所以，这起事故便隐隐带有一些近似自杀的意味，至少是有些将生死置之度外的、满不在乎的成分。此事引发的种种猜测不可避免地让该作家作品中对自杀的描述又被人们重新提起。在《西西弗神话》（*The Myth of Sisyphus*）的开篇，加缪曾写下了二十世纪最著名的名言之一："真正严肃的哲学问题只有一个，那便是自杀。判断人生值不值得活，等于回答哲学的根本问题。"[1]头一次读到这段话，我颇有些不解，而且，在阅读该书绝大部分内容的过程中，这种困惑也一直存在。

1　引自沈志明先生的译本。

尽管书中的推论和雄辩令人折服，但仍有许多令我疑惑之处，以至于我每每又绕回到最开头的假设，尽管绞尽了脑汁却始终无法理解该假设的前提：所有人可能原本就有非常近似于自杀的想法和愿望。后来，我又读了他的短篇小说《堕落》（*The Fall*），欣赏之余，我对它多少有些保留意见。小说中那位身为律师的叙述者在阿姆斯特丹的酒吧里有一段忧郁的独白，其中的内疚和自责在当时的我看来未免有些过于刺耳和极端。因为那时我根本就不明白，他的行为举止以及他在痛苦中挣扎的样子与抑郁症患者的临床表现极为相似。可我那时对此一无所知。

加里告诉我，加缪偶尔也流露出他内心深处的沮丧情绪，他曾谈到过自杀。尽管有时他用的是开玩笑的口吻，但那种玩笑就像酸葡萄酒一样令加里的心里五味杂陈。但那时加缪显然并未将此类想法付诸行动。因而想来，即使是在他那部充满愁思的《西西弗神话》里，他仍然朴素地传达了生命终将战胜死亡的核心思想，也就并非偶然了：即使没有希望，我们仍要努力活下去，因为我们别无选择，只能拼尽全力死里逃生。直到许多年后，我才真正意识到，加缪所说的关于自杀的那些话，以及他对这个问题的关注，不仅仅是出于他对伦理学和认识论的关心，至少在同等程度上也是因为他严重的精神困境。一九七八年八月，我把我位于康涅狄格州的那幢用来招待宾客的度假小屋借给加里。趁着周末，我专门从马撒葡萄园岛出发前去拜访了他。在那里，加里再次详细谈到了他为什么觉得加缪得了抑郁症。在交谈中，我感觉加里之所以猜测加缪有严重的复发性抑郁，是因为他自己也开始受到抑郁症的折磨。对此，他直言不讳，但他也一直强调，这个疾病并未让他丧失正常的生活能力，而且病情也在他的掌握之中。然而，他还是时不时能感觉到它，那是一种沉重且带有毒性的情绪，它有着铜锈般的颜色，在新英格兰郁郁葱葱的夏日里显得那么不协调。作为一位在立陶宛出生的俄国犹太人，加里身上似乎一直以来就有一股东欧人特有的忧郁气质，而想把这种忧郁同抑郁症的忧郁区分开来并非易事。但无论如何，他的确很痛苦。他还说，他能隐约感觉到加缪曾向他描述过的那种绝望的精神状态。

加里的夫人珍·茜宝（Jean Seberg）是位演员，来

自爱荷华州。当时她也在，可这并未使加里的处境有任何改善。他们俩当时已经离婚多年，早就没什么往来。我后来才知道，她之所以也在那里，是因为他们俩的儿子，迭戈，在附近的网球训练营参加训练。看见她和加里生活在一起，让原以为他们俩早已分居的我十分惊讶；但同样令我想到惊讶的——不，是震惊，并且难过的——是她的模样，这位曾经风情万种、光艳照人的金发女郎如今只剩下一副臃肿的面孔。她走路时就像在梦游，少言寡语，眼神直愣愣的，空洞无物，这显然就是服用镇静剂（或毒品，或者二者兼有）后导致的全身僵硬症。我知道他们俩仍深爱着彼此，也被他对她的关心（兼具情人般的温柔和父亲般的慈祥）所感动。加里告诉我，珍正在接受和他同样的疾病治疗，他还提到了一些抗抑郁症的药物，可那时候我并未留意那些，也不太懂。回想当时，我的那种漠不关心，恰好有力地证明，作为一位旁观者，想从根本上了解这种疾病是多么不易。尽管我对他们充满同情，但加缪，现在又加上罗曼·加里——当然还有珍，他们几位的抑郁症对当时的我来说只不过是一个抽象的小病，对该疾病的真实面

30

目，以及众多患者在精神持续崩溃的状态下所经受的痛苦和煎熬，我更是无从知晓。

可在巴黎十月的那个夜晚，我却清楚地知道，我自己的精神也行将崩溃。在回酒店的途中，坐在车里，我突然间恍然大悟。许多（即使不是大多数）抑郁症的症状似乎都与生物钟周期遭到破坏有关。生物钟是人体新陈代谢和腺体分泌的生理节奏，它对我们的工作和生活都至关重要。这就是为什么残忍的失眠症会如此频繁地出现在抑郁症患者身上，这也很可能就是为什么在一天之中，抑郁症患者会呈现出病痛加剧与病情缓解交替出现的状态。对我来说，略为轻松的时刻一般出现在晚餐之后到午夜之前的几个钟头，病痛虽然不会完全消失，却会有明显的缓解，就像一场瓢泼大雨忽然间变得淅淅沥沥。病痛一消，我的头脑便会变得清醒，我的注意力也从把我折腾得昏天黑地的罪魁祸首身上暂时转移到其他事情上去。这样一来，我一天中自然总是期盼着这一时段的到来，因为这时我会觉得自己又变得清醒起来。那天晚上在车里，我就是这种感觉，我以为自己又重新拥有了清晰的头脑和进行理性思考的能力。然而，我很快发现，一旦想起加缪和罗曼·加里的那些往事，我的心情又很难再舒坦下去了。

尤其是珍·茜宝，她的死总是令我悲从中来。自那次在康涅狄格州与她见面才过去一年多，她就因用药过量去世了，人们在巴黎街边小巷的汽车里发现了她，当时她的尸体已在那儿躺了好几天了。又过了一年，我终于有机会和加里一起在巴黎的力普啤酒馆（Brasserie Lipp）共进午餐，那顿饭我们吃了很久。席间他告诉我，虽然他们俩的感情曾出现过问题，但珍的离世还是令他的抑郁症大为恶化，甚至有好几次连医生都说他的病已经差不多没治了。可即使是那种时候，我对他所承受的病痛仍旧无法完全理解。当时他不过耳顺之年，远算不上年迈，但我记得他的手一直在抖，嘴里发出那种非常苍老的喘息声，如今回想起来我才意识到，那一定，或至少很可能，就是因为抑郁症而发出的。因为现在，每当我自己在剧烈病痛的旋涡中苦苦挣扎时，我也会开始发出那种苍老的声音。自那次以后，我就再没见过加里。后来，弗朗索瓦丝的父亲，克劳德·加利马尔（Claude Gallimard），告诉了我一些他记得的事

情：那是在一九八〇年的某一天，他和加里一起吃了
个午餐，席间两位老友的交流都颇为轻松平静，甚至
可以说相谈甚欢，丝毫感受不到忧郁的迹象。然而午
餐过后不到几个小时，罗曼·加里，这位龚古尔文学
奖（Prix Goncourt）历史上唯一一位两度获奖者（其中
一次他用的是笔名，能骗倒那帮文学评论家们，他感觉
好极了）、共和国的战斗英雄、英勇十字勋章（Croix
de Guerre）获得者、外交官、美食家、出了名的风流才
子，在回到他位于巴克街的公寓之后饮弹自尽了。

　　就在所有这些回忆在我脑海中接连闪现时，华盛顿
酒店的霓虹灯招牌跃入我的眼帘。这不仅让我想起了多
年前刚到这座城市时的往事，也令我的心中突然冒出一
种极其强烈的感觉：我可能再也见不到巴黎了。那感觉
强烈得让我震惊，它让我的内心充满了新的恐惧。在病
痛的折磨下冒出死的念头，这对我来说早已不是什么新
鲜事。尽管那种念头像冰冷的精神风暴将我的意志吹打
得千疮百孔，可它毕竟还只是死亡露出的粗略轮廓；我
甚至曾经觉得，它很可能是那些病入膏肓的人想象出来
的。但如今，我的想法已决然不同，现在我已经确切地

知道，明天，也可能是后天，但绝对不会是太过遥远的
未来，当病痛再一次降临，我将被迫对那个哲学的根本
问题，给出至少是我自己的答案——我生不如死。

三

为什么同样是得了这种疾病，

别人能挣扎着挺过来，他们却被毁灭了呢？

许多和我一样对阿比·霍夫曼（Abbie Hoffman）略有所闻的人，在得知他于一九八九年春天去世的消息时，无不痛心疾首。他死时刚刚步入知天命之年，还那么年轻，那么生机勃勃，完全不该落得如此的结局。每当有自杀的消息传来，都会引起人们的懊恼和恐惧，而阿比的死在我看来尤其残酷。我头一次见到他是在一九六八年，在芝加哥举行民主党全国代表大会期间，当时，那里正没日没夜地上演着疯狂。我去那里是因为要为《纽约书评》（*The New York Review of Books*）写篇东西。后来，在一九七〇年那场同样是在芝加哥进行的审判中，我还成了他和他被告同伴们的出庭证人之一。相比于美国社会中那些道貌岸然和堕落变态之徒，阿比的古怪风格不免令世人的精神为之一振——他的恶作剧与搞怪，他的活力和激情，还有他激进的个人主义，很难不令人心生向往。我很后悔这些年没能多见见他。他的突然去世令我感到格外空虚，一如大多数人在听到自杀后的反应。然而，还有一些人的反应让这起事件又平添了些许酸楚，尽管那种反应并不让人意外：否认，即拒绝接受自杀这一事实。在他们看来，相较于死于意外事故或者自然原因，自杀这种自愿行为似乎带有犯罪的性质，因此对其人、其声誉都是一种贬低。

阿比的兄长既悲痛又心烦意乱地出现在电视上。为了扭转坊间关于阿比是死于自杀的传闻，他不断强调，在服用药物这类事情上，阿比一向马虎，他绝对不是会将家人就这么抛下不管的人。他的这番话当然能唤起人们的恻隐之心。然而尸检结果却证实，阿比吞下了差不多一百五十颗苯巴比妥。作为自杀受害者的亲属，他们如此频繁且迫切地想否认自杀的事实，也是人之常情；因为他们心里免不了会觉得，自己与自杀的发生脱不了干系，进而还会生出负罪感，他们会想，如果有人采取了预防措施，或者做出了不同的应对，自杀或许就能够被阻止。但尽管如此，也正是因为旁人对自杀的百般否认，才会使得那些受害者本人——不管他是真的杀死

了自己，还是自杀未果，还是只表现出了想要自杀的迹
象——在不公允的世人眼中，都仿佛是做了什么罪恶的
勾当。

兰德尔·贾雷尔（Randall Jarrell）的情况也是如
此。在一九六五年的某天夜里，这位在他那个时代最优
秀的诗人和评论家，在北卡罗来纳州教堂山附近被汽车
撞死了。可为什么他会在深夜这样一个古怪的时间点出
现在那个特定的路段呢？这点委实令人不解。由于有迹
象表明，他是故意让汽车撞到他的，所以最初的结论是
自杀。《新闻周刊》（Newsweek）和其他一些出版物
也都采用了此种说法。可贾雷尔的遗孀给该杂志写去了
抗议信。他的许多朋友和支持者也都开始大声疾呼与声
讨。于是，死因裁判法庭在最终的判决中将他的死亡原
因改成意外事故。贾雷尔一直患有严重的抑郁症并且已
住院治疗。就在他于高速公路上不幸遇难的短短几个月
前，他曾在住院期间割腕自杀过。

如果你对贾雷尔参差不齐的人生轮廓——包括他情
绪的剧烈波动和时有发作的悲观厌世——颇有了解，外
加对抑郁症的危险预兆也略知一二，那你便会严重质疑

法庭对其死因所做出的裁定。可对某些人来说，自杀是一种耻辱，是一个可憎的污点，必须不惜一切代价将之抹去。〔甚至在他去世二十多年后，《美国学者》（*The American Scholar*）一九八六年夏季刊的一篇文章里，依然有一位贾雷尔曾经的学生借着评论他书信集的机会，将一篇原本应更带有文学和传记色彩的评论文章变成了一个继续驱除自杀这个妖魔鬼怪的战场。〕

兰德尔·贾雷尔几乎可以肯定是自杀而亡。但他这么做既不是因为他是个懦夫，也不是因为他有什么道德缺陷，而是因为他患上了抑郁症，而且病症实在太过痛苦，以至于他无法再继续忍受下去。

人们对抑郁症的普遍认识在最近发生的普里莫·莱维（Primo Levi）事件中表现得极其明显。莱维是一位意大利的著名作家，也是奥斯威辛集中营的幸存者。一九八七年，也就是他六十七岁那年，他从自己位于都灵的住所的楼梯间坠亡。因为我自己也与这种疾病打过交道，所以对莱维的死，我有着超越普通人的关注。1988年末，当我从《纽约时报》（*The New York Times*）上的一篇报道中读到，纽约大学举办了一场关于这位作家及其作品的座谈会时，我顿时就来了兴趣，可读到最后，我却大为震惊。因为据这篇文章描述，众多的与会者，包括一些学富五车的作家和学者，似乎都对莱维的自杀大惑不解，不解且失望，仿佛这位一直以来令他们顶礼膜拜的对象，这位挺过纳粹百般折磨、拥有杰出胆识和勇气的人物，仅仅因为自杀就成了一个令他们羞于接受的意志薄弱且品德败坏的家伙。在这场可怕而完全的自我毁灭面前，他们的反应除了无可奈何，还有（读者们不可能感觉不到）那么一丝难为情。

以上种种都令我如鲠在喉，不吐不快。于是，我便给《纽约时报》的社论对页版[1]写了一篇短文。在文章中，我直言不讳：对那些未曾亲身经历过的人而言，严重的抑郁症所带来的痛苦根本难以想象，在很多情况下，它甚至能置人于死地，因为那种非人的痛苦实非患病者所能继续承受的。如果人们对这种痛苦的性质没有一个普遍认识，我们对自杀的预防将遇到重重阻力。尽管大多数患者，经过长期的康复过程——在很多时候，

---

1 一种源自欧美报纸出版业的新闻出版用语，意指一种由报社编辑部以外的写手所撰写的、刊登在报纸或杂志上的评述性质的文章。

还会有药物干预或者住院治疗——都能从这场疾病中生存下来，这也许是唯一值得人们庆幸的地方。然而，对那些选择结束自己生命的不幸之人，他们不过就是像癌症晚期患者一样，我们又怎么忍心加诸更多的非难和责备呢？

《纽约时报》上的这篇文章是我的即兴之作，可它却在人群中引发巨大的反响。虽然我觉得，对我来说，公开就自杀和自杀倾向这个话题力陈己见，并不是什么格外新颖或者大胆之举，可我显然低估了那些将自杀这种"隐私和耻辱"视为禁忌话题之人的数量。这篇文章所引发的巨大反响让我意识到，我可能在无意中帮着打开了一间密室，而那间密室中有许许多多的生灵，他们都渴望能从里面出去，他们都想向人们大声呼告，他们也都有过我在文中描述的那种感受。这是我这辈子唯一一次觉得，侵犯我自己的隐私并将其公之于众是值得的。我还想到，借着眼下这个契机，把我之前在巴黎的经历作为抑郁症发作时的具体例子，试着将我在患病期间的一些体验记录下来，并由此构建起一个参考的框架，让人们能从中得出一个或者一些有价值的结论，那将是一件极有意义的事。但必须强调的是，这些结论仅仅是基于我一个人的经历。虽然我把发生在我身上的这些经历记录了下来，但我并不认为它能够代表在其他人身上发生过或者将会发生的事。无论是抑郁症的病因、它的诸多症状，还是它的治疗方式，都太过复杂，任何基于某一个人的经历而得出的结论都是不全面的。作为一种疾病，虽然抑郁症也表现出了某些恒定的特征，但它同时也有许多非恒定特质，而我身上出现了的一些怪异的症状——在其他病人的报告中没见到——就令我非常惊讶。我甚至都无法相信，它们居然是从我迷宫般的大脑沟回中产生出来的。

全世界的抑郁症患者有百万之多，而这些病患的亲属和朋友何止百万。在美国，据估计，有多达十分之一的人可能患有这种疾病。和诺曼·洛克威尔（Norman Rockwell）设计的海报一样，抑郁症非常流行。所有人，无论其年龄、种族、信仰和阶层，无一不是它可能攻击的对象，虽然女性患病的概率远高于男性。至于患病者的职业清单（裁缝、船长、做寿司的厨师、内阁成员……）实在太过冗长和乏味，我便不在此一一列举了。但可以这么说，人们很难做到不让自己成为该疾病的潜在的攻击对象。虽然抑郁症对他的受害者来者不拒，但如今已有充分的证据表明，艺术家（特别是诗人）尤其容易受到这种疾病的伤害。更严重的是，超过百分之二十的病患都有自杀的临床表现。下面是一些死于该疾病的艺术家的名字，他们全都是当代人。让我们看看，这份名单上的成员是多么才华横溢，又是多么令人悲伤：哈特·克莱恩（Hart Crane）、文森特·凡·高（Vincent van Gogh）、弗吉尼亚·伍尔芙（Virginia Woolf）、阿希尔·戈尔基（Arshile Gorky）、切萨雷·帕韦塞（Cesare Pavese）、罗曼·加里，韦切尔·林赛（Vachel Lindsay）、西尔维娅·普拉斯（Sylvia Plath）、亨利·德蒙泰朗（Henry de Montherlant）、马克·罗斯科（Mark Rothko）、约翰·贝里曼（John Berryman），杰克·伦敦（Jack London）、欧内斯特·海明威（Ernest Hemingway）、威廉·英奇（William Inge）、黛安·阿勃丝（Diane Arbus）、塔德乌什·博罗夫斯基（Tadeusz Borowski）、保罗·策兰（Paul Celan）、安妮·塞克斯顿（Anne Sexton）、谢尔盖·叶

赛宁（Sergei Esenin）、弗拉基米尔·马雅可夫斯基
（Vladimir Mayakovsky）——这个名单还在增加。（而
就在几年前，俄国诗人马雅可夫斯基还严厉批评过叶赛
宁——这位和他同代的伟大诗人——的自杀，这对所
有对自杀抱有武断看法的人都应该是个警醒。）每当想
起这些不幸却又极富创造力的男男女女，人们总禁不住
要去审视他们的童年，因为谁都知道，疾病正是从那个
时期开始生根发芽的。难道在那个时候，他们当中就没
有任何人对灵魂的易朽和它的极度脆弱有一丝半点的了
解？为什么同样是得了这种疾病，别人能挣扎着挺过
来，他们却被毁灭了呢？

四

因为恐惧，我的双脚像被钉在了地上，

我仿佛一个被抛弃的人，无依无靠，浑身颤抖。

当我头一次意识到自己患上了这种疾病时，我百感交集，而在这诸多复杂情绪之中，我感到尤为必要的就是对"抑郁症（Depression）"这个词表示强烈抗议。众所周知，在历史上，抑郁症曾被称为"忧郁症（Melancholia）"。早在一三〇三年，英语中就有了这个词。在杰弗雷·乔叟（Geoffrey Chaucer）的诗中它出现过不止一次。从乔叟对该词的使用方法来看，他对它在病理学上的细微含义似乎已经颇为了解。对那些最为严重的抑郁症的类型而言，"忧郁症"这个命名似乎更加贴切，也更传神。可如今，它却被一个平淡无奇、毫无学术性可言的，甚至原本是用来描述经济衰退或者地上车辙印的中性名词[1]所取代。用"抑郁症"这个词来

---

[1] Depression在英文中亦有"经济不景气"和"洼地"的含义。

描述这种疾病实在是弱化了它的严重性。它之所以能在现代流行，被普遍公认的始作俑者是出生于瑞士的科学家阿道夫·迈耶（Adolf Meyer）。他不仅是约翰·霍普金斯大学医学院受人尊敬的教授，同时也是一位精神病医生。或许他对英语语言中优美的声韵感觉鲁钝，所以未能意识到用"抑郁症"来描述这种可怕而凶残的疾病会对语义造成损害。尽管如此，七十五年来，这个名词就像鼻涕虫一样在我们的语言里不疼不痒地滑来滑去；因为它有害的本质几乎无迹可寻，再加上其字面意思的寡淡乏味，所以，人们普遍都未能认识到这种疾病的危险性。

作为一位曾亲身经历过这种极度病痛的患者，当我劫后余生，向人们谈起那段经历时，我当然要游说人们为它换一个更加醒目的名字。比如说"头脑风暴（brainstorm）"，但不幸的是，有人已捷足先登，这个词很滑稽地被他们用来描述思维中迸发出的灵感。但我们需要的正是这一类型的词。假如有人对我们说，他的心情乱得像是刮起了一场风暴——一场在大脑中呼啸肆虐的暴风雨（用这个来描述临床抑郁症比其他任何词都来得逼真和形象），那么，即便一个专业知识贫乏的外行人也会立刻流露出他的同情，而不只是报以"那又怎么样？""你会挺过去的"，或者"我们谁都有倒霉的时候"这些"抑郁症"一词经常从人们那儿得到的标准回应。至于"精神崩溃（nervous breakdown）"这个词，因为它有暗示病人意志薄弱之嫌，所以理所当然地被人们逐渐淘汰掉了。看来，"抑郁症"这个词我们还得再将就着使用上一段时间，直到有一个更好、更合适的名字被人们发明出来。

我得的抑郁症不是那种会间歇性出现亢奋状态的躁郁型[1]，而是"单相"型（unipolar form），即病情一旦发作，病人的情绪只会一直低迷下去。这个病大概率在我年轻时就已经存在，但第一次发作是在我六十岁的时候。我永远都无法得知我的抑郁症是因何而来，因为没人能知道自己的病因。这其中有非正常的化学作用、行为和基因等各种各样的因素混杂在一起，太过复杂，所以想对抑郁症的病因刨根问底也许永远都不可能做到。

1　即双相情感障碍。

很显然，它牵涉到很多构成因素——可能只有三四个，但更大的可能是要比那多得多的因素——各种因素排列组合——共同作用下的结果。而人们对自杀最大的误解正是在于他们总觉得，对"自杀为什么会发生"这个问题，应该有一个放之四海而皆准的答案或组合答案。

"他（或她）为什么要那么做？"这个无法回避的问题常常会引发许多奇怪的推测，而它们中的大部分都是些不实之词。阿比·霍夫曼死后没多久，就传出了许多关于他死因的流言蜚语：遭遇车祸受伤后所做出的反应，新出版的书不太成功，或者母亲得了重病，等等。至于兰德尔·贾雷尔的自杀，有传言说是因为他的事业开始走下坡路——具体地讲是因为有人写了一篇极其苛刻的书评，给他的精神带来了痛苦。还有人说，普里莫·莱维是因为照顾瘫痪的母亲而心力交瘁，不堪重负，他们还说，照顾母亲给他带来的精神痛苦比他在奥斯威辛集中营所经历的有过之而无不及。在这些人看来，上述任一件事都可能足以让他们三位如芒在背，对他们是一种折磨。尽管这些颇伤脑筋的事的确很关键，也不容忽略，但我们中的绝大多数人难道不都是在默默承受着和他们几位一样的精神打击、事业不顺、苛刻的书评和家人们的生老病死吗？奥斯威辛集中营的绝大多数幸存者表现得不都很坚强吗？尽管在生活的打击面前，我们碰得头破血流，变得俯首帖耳，但大多数人仍会步履蹒跚地沿着这条路继续走下去，从而在人生真正的忧郁面前全身而退。与此同时，另一些人则会深陷抑郁症的旋涡，再也出不来。要想弄明白这究竟是为什么，人们必须去寻找显性危机（manifest crisis）以外的线索。然而除了一些还算有见地的推测，我们再难有所突破。

十二月份的那场把我"刮"进医院的风暴，其实在头一年六月就已经酝酿出了一片乌云，而那片乌云——显性危机——与酗酒有关，而我已经有一段长达四十年的酗酒历史。有许多美国作家嗜酒成性，他们贪恋杯中之物的声名如此响亮，以至于单就这个话题本身就能找到大量相关的资料和书籍。和他们一样，我也把酒精当作通往幻觉、幸福感以及增强想象力的神奇通道。我无须为使用这种能使人镇静，许多时候还能使人振奋的制剂而后悔或者道歉，因为它对我的写作贡献良多。虽然我没有一句话是在酒精的影响下写出的，但我的确把它（通常是和音乐一起）当作能帮助我的大脑构想出某些意象的工具，而这种意象是未受酒精影响的清醒大脑所接触不到的。酒，不仅是一位我每天都要向它寻求帮助的朋友，也是我思维上的极其宝贵的资深伙伴。除此之外，我现在终于明白了，我还一直把喝酒当作缓解焦虑和早期恐惧心理的一种手段，那些焦虑与恐惧已经埋藏在我的心灵牢笼之中很久了。

可那年夏天刚刚开始的时候，我被这位"朋友"出卖了。事情发生得很突然，几乎是在一夜之间，我就变得不能再喝酒了。我的生理，连同心理，都在愤起抗议，它们仿佛串通一气，想把这个长期以来一直颇受它们欢迎的，甚至是每天都必不可少的"心情浴（mood bath）"拒之门外。谁知道呢？随着年龄的增长，许多嗜酒之人也都曾经历过这种酒精不耐症。我怀疑这种变化至少有一部分与新陈代谢有关，肝脏因为不堪重负而变得对酒精十分反感，它仿佛在抗议说"别喝了，别再喝了"。不管是什么缘故，反正我发现，即便是极少量的酒精，哪怕只是那么一小口，也会令我恶心、头晕得厉害，感觉自己要虚脱了，直到最后生出强烈的厌恶。我这位亲爱的老友在与我分手之际，并未流露出任何朋友之间该有的迟疑和不舍，相反，它走得就像把烈酒一口闷下那么干脆，留我孑然无助，进退维谷。

　　我的戒酒，既不是出于自愿，也不是我的选择。当时的情形令我不知所措，更令我痛苦万分。我的抑郁情绪最早就是从不能喝酒开始的。按理说，当对健康有害的物质被迅速从你的体内去除，你应该欣喜若狂才对。我的身体里仿佛产生了一种安塔布司[1]（Antabuse），它帮我从这种不良嗜好中奇妙地挣脱了出来，对我来说，这本该是件有百利而无一害的事。但事实却正好相反，我开始隐约感到一阵莫名的不安，就好像那个我在其中无忧无虑栖息了许久的内心世界，突然有什么东西发生了倾斜。在开始停止喝酒的阶段，我对自己的抑郁症也并非毫无察觉，但在那个时期，疾病通常尚处于危险度较低的状态。但请一定记住，就其表现形式而言，抑郁症绝对是千人千面。

1　用于治疗慢性醇中毒的药物。

起初，情况并不那么可怕，因为疾病带来的变化尚不明显，可我还是有所察觉，就感觉在某些时候，周围的一切会带上一种不同的氛围：黄昏时的黑影似乎变得比以往更加阴沉，我的早晨也不再那么轻松愉快，对去树林中散步我也不再像以往那样兴致勃勃。每当工作到临近黄昏，有那么短短的几分钟，我会突然被一种恐惧和焦虑完全笼罩，随之而来的还有一股出于本能的恶心——疾病突然发作的时候，多少还是有点可怕的。如今，当我把这些回忆诉诸笔端，我才意识到，我早该从这些迹象中看出，当时的我已处于某种心理疾病的初始阶段。只是那个时候我对这种疾病还一无所知。

当我潜下心来细想我意识中的这些奇怪变化时（有时，我实在是有点不知所措，不想不行），我想当然地认为，所有这些都和我强制性的停止喝酒有关。当然，在某种程度上的确是这么回事。但现在我认为，在我告别酒精的时候，后者跟我开了一个玩笑：众所周知，酒精是一种重要的镇静剂，而在我的饮酒历史中，因为喝酒我从未变得抑郁；恰恰相反，它一直都在帮助我对抗焦虑。而现在，它却突然消失了，我那位长期以来让恶魔们不敢越雷池半步的好伙计不在了，再也没人能阻止那些病魔从潜意识里向我蜂拥而来；我的情感完全裸露在外，毫无遮挡，这使我变得前所未有的脆弱。毫无疑问，这些年来抑郁症一直都在我身边徘徊，等待着朝我猛扑过来的机会。那时，我进入了抑郁症的第一个阶段，即前兆阶段（premonitory）。如果说抑郁症是一场黑色的暴风雨，那么这个阶段就好像在云层之上的片状闪电发出隐约闪光，让人几乎难以察觉。

那年的夏天美极了。当时我在马撒葡萄园岛上。自打六十年代开始，每年我都会在那儿待上很长一段时间。但这一次，对岛上生活的诸多乐趣我已经开始表现得无动于衷。我能觉察到一种麻木、疲乏，尤其是还有一种十分奇怪的虚弱感——仿佛我的身体真的变得很纤弱、敏感，而且不知何故，还变得脱节和笨拙，缺乏正常的协调能力。很快，无孔不入的疑病症令我痛苦万分。我的躯体没有一个部位的感觉是正常的，并且时常出现抽搐和疼痛的症状，它们时而断断续续，时而——似乎更经常——持续且稳定，这正是各种各样的疾病即将来临的前兆。〔基于这些前兆，人们就应该能理解，为什么早在十七世纪，在当时医生们的笔记里以及约翰·德莱顿（John Dryden）和其他一些人的评论中，人们就已经把忧郁症和疑病症（hypochondria）联系在了一起。这几个词在使用时通常是可以互换的，这种用法一直到十九世纪都还在被许多作家沿用，沃尔特·斯科特爵士（Walter Scott）和勃朗特姐妹（the Brontës）皆属此列，他们都将忧郁症与对身体健康的过分关心和过分焦虑联系在了一起。］不难看出，为什么这种状态会成为一个人的心理保护机制的一部分：因为人的大脑不愿接受自身病情在不断积累和恶化的事实，所以它便向人体内部的各种意识和知觉宣称，出毛病的是人的躯体——躯体的毛病是有可能解决的——而不是宝贵且不可替代的大脑。

就我而言，总体感觉极其痛苦，再加上只要我醒着，焦虑感便无时无刻不在。在这样的刺激之下，我身上又出现了另一种奇怪的行为模式——坐立不安，举止冲动。这让我的家人和朋友也多少有些迷惑不解。那年夏末，有一次，在去往纽约的飞机上，我一时冲动，错误地喝下了一杯苏格兰苏打（这是好几个月以来我头

一次沾酒），而这导致我的精神立刻崩溃，它让我的身
体充斥着疾病的感觉，让我的内心充斥着绝望和毁灭。
次日，我被立刻送到曼哈顿的一名内科医生那里，并做
了一系列检查。经过三周费用极其昂贵的高科技医疗评
估，医生通知我，说我的健康完全没问题。听到这个结
果，我本应当感到欣慰，甚至应该欣喜若狂才对。我也
确实很高兴，可那仅仅维持了一两天；紧接着，焦虑、
不安和茫然的恐惧——日复一日——对我情绪的周期
性侵蚀又重新开始了。

　　这时候我已回到了位于康涅狄格州的家中。时间已
至十月。在这一阶段，疾病最令我印象深刻的，就是每
当我的情绪周期性地跌落到谷底时，我那片农场，那个
我三十年来心爱的家园，竟然会给我带来一种触手可及
的不祥之感。傍晚时分，农场上那时明时暗的光，就仿
佛艾米莉·狄金森（Emily Dickinson）笔下那道最著名
的、象征着死亡和恐惧的"斜光"（slant of light）；它
的秋天不再有那种我所熟悉的迷人光彩，相反，它将我
诱进了一片令人窒息的昏暗。我想知道，这个曾经令人
感觉那么亲切的地方，这个无处不让人回想起（下面引

用的还是狄金森的诗）"男女儿童"的"笑声、能力和叹息/以及鬈发和衣裙"[1]的地方，现在为何会让我感觉如此充满敌意和令人生畏？事实上，我并非孤身一人。和往常一样，罗丝也在，她一直都在不厌其烦地听我跟她诉苦。可我仍感觉到一种无穷无尽、极端痛苦的孤独感。多年来，下午一直都是我的写作时间，但现在到了下午，我已无法维持注意力的集中，因而写作这个行为本身也就变得越来越困难，越来越让人精疲力竭，我于是开始拖延，再后来便完全中断了。

我还突发骇人的焦虑症。有一次，我带狗出去散步，从树林中穿过，树上秋叶的色彩像火一样斑斓。而树丛的上空，我听到有一群加拿大黑雁在高声鸣叫。正常情况下，此声此景绝对会令我心旷神怡。但这一次，看到那队飞翔的雁群后我却停了下来，因为恐惧，我的双脚像被钉在了地上，我仿佛一个被抛弃的人，无依无靠，浑身颤抖。那是我第一次意识到，我正在经历的这些并不仅仅是孤僻造成的精神苦闷，而是一种严重的疾

1　引自蒲隆先生的译本。

病。我最终承认了它的名字及其存在。那天，在回家的路上，我把波德莱尔（Baudelaire）昔日的诗句从记忆中翻了出来，它在我的脑海中久久萦绕，挥之不去："我能感觉到从疯狂之翅上扇来的风。"其实，这句诗已经在我的意识边缘逡巡好些天了。

出于某些现代生活的需要，我们常常将许多从祖辈那里继承下来的对疾病的描述磨去其原有的锋芒和棱角，其中一些刺耳和老派的词语甚至会被完全摒弃掉，如疯人院、收容所、精神错乱、忧郁症、疯癫、疯子、精神失常等。可最极端形式下的抑郁症，它就是精神失常，对这一点，人们千万不要有任何的怀疑。这种精神失常是由异常的生物化学过程引起的。人们已经有相当确凿的证据表明，这种精神失常是由大脑的神经传递介质中的化学作用引起的（然而就在不久以前，许多精神科医生还对此表示强烈反对）。它很可能是肌体应激（systemic stress）引起的后果：出于某种未知的原因，肌体应激会导致去甲肾上腺素（Norepinephrine）和血清素（Serotonin）这两种化学物质的损耗以及另外一种激素——皮质醇（cortisol）的增加。随着脑组织中发生的所有这些剧烈的变化，以及各种化学物质的此消彼长，人的大脑会开始感觉到痛苦和伤害，而混乱的思维过程正是身体器官受到攻击时感觉到痛苦的一种表现。有时候（虽然不是很经常），人的大脑会因为不堪其扰而生出针对他人的暴力念头。不过因为抑郁症患者的意识是如此内向，他们通常只会威胁到他们自己。一般来说，抑郁症引起的精神失常与暴力正好完全相反。它的确是一场风暴，但却是一场黑暗的风暴。很快，我们就将清楚地看到，反应迟钝、近乎麻痹、心理能量（psychic energy）几乎为零，种种症状接踵而至。最终，人的身体受其影响而筋疲力尽，直至衰竭。

那年秋天，随着我的整个身体机制逐渐抑郁症所控制，我开始感觉自己的大脑如同小镇上的那些老式电话交换机，被逐渐上涨的洪水所淹没：交换机里那些原本正常的电话线路则逐一被水浸泡，导致我身体的某些功能，连同几乎所有与直觉和理性相关的功能，全都慢慢停止了工作。

关于这些功能和功能失调有一份众所周知的一览

表。而我身体出现的各种故障和表上所列的都极其相似，其中许多都与抑郁发作的模式相吻合。我至今都还记得，当时情况已经严重到我几乎失声的地步。我的声音在经过一番古怪的变化后变得面目全非，它时而微弱，时而沙哑，时而断断续续——有位朋友后来告诉我，我的声音听起来就像是一个九十岁的老头。与身患其他重病时一样，我的性欲早已衰退，不过在这种饱受病痛煎熬的危险关头，对身体而言，性欲早已不再是必要的生理需求。有许多人甚至连食欲都会完全丧失。虽然我的食欲还算正常，但我发现，我也仅仅是为了生存才在坚持进食：和其他所有知觉范围以内的东西一样，食物已全然没了滋味。然而，在所有遭到破坏的生理本能中，最令人痛苦的还是失眠以及随之而来的无梦。

疲倦外加失眠，是对人的一种极端的折磨。我每晚之所以还能勉强睡上两三小时，完全是拜酣乐欣的药力所赐——这一点尤其值得注意。许多精神药理学专家早就向人们警告过，苯二氮䓬类（Benzodiazepine）的镇

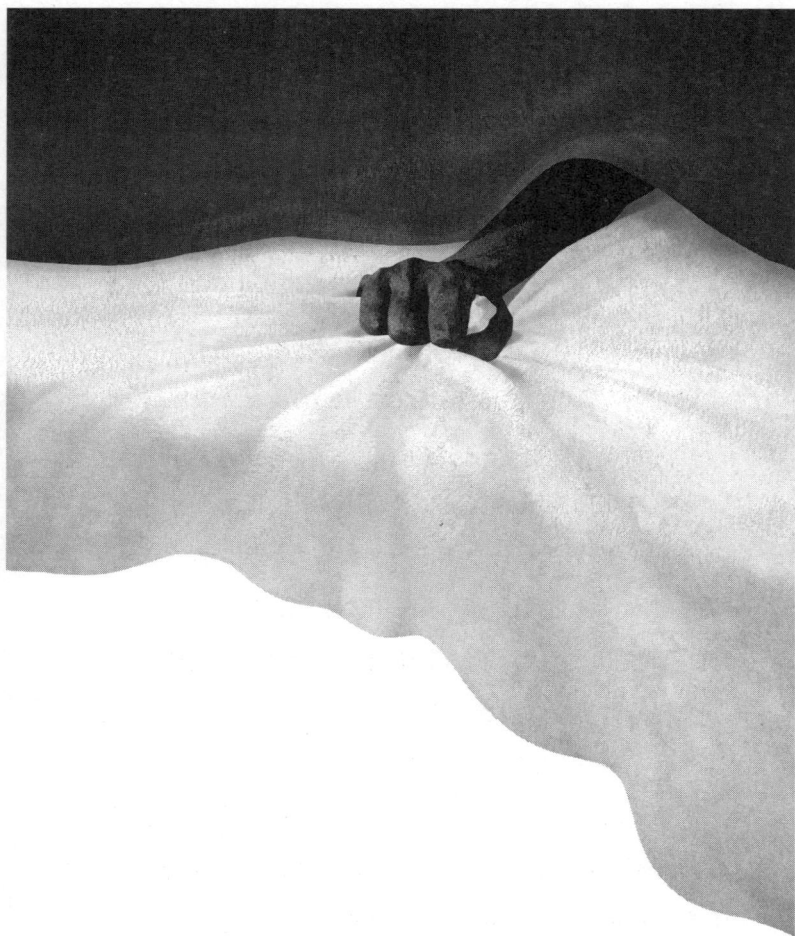

静剂会引起情绪压抑，甚至导致严重的抑郁症，而酣乐欣便是其中的一种，另外还有烦宁[1]（Valium）和安定文[2]（Ativan）。在我患上抑郁症之前的两年多里，曾有医生满不在乎地给我开出安定文以辅助睡眠。他还对我说，这个药可以像阿司匹林一样随意服用。然而，根据美国《医师药用指南》（*Physician's Desk Reference*）这一药理学的权威经典，我所摄入的药物：（a）其剂量是正常处方用药强度的三倍；（b）不建议连续服用超过一个月；（c）对我这个年龄段的人来说慎服。而在当时那个阶段，虽然我已经不再服用安定文，但我已对酣乐欣上了瘾，而且服用的剂量还很大。我的身体之所以会出现那些状况，我觉得把服用这些药也归为原因之一不无道理。其他人也绝对应该引以为戒。

可不管怎样，我每天短短数小时的睡眠常常在凌晨三四点钟终止，我只能在昏昏欲睡的黑夜久久地凝视着上方。精神上的巨大痛苦令我辗转反侧，焦急地等待黎

1 药品的主要成分为地西泮。

2 药品的主要成分为劳拉西泮。

明的到来，因为只有到那时我才能兴奋地稍稍睡上一个没有梦的短觉。我记得很清楚，有一次，正当我处于这种失眠的状态之下时，忽然间我若有所悟——一个奇怪而令人震惊的发现，就仿佛一个被隐藏多年的超自然真相突然露出了端倪——如果眼下这种情况再继续发展下去，我这条命早晚得毁在它的手里。所有这些应该都发生在我去巴黎的那趟旅行之前。正如我前面说过的，死的念头，这时候每天都会出现，它就像一阵阵冷风从我的心头刮过。我人生的终点将如何到来，对此我尚未有过具体的想法。简单地说，我仍在努力阻止自己生出自杀的念头。但自杀的可能性已经近在咫尺，这是明摆着的事实；很快我就得跟它面对面地打交道了。

　　这个时候我已开始认识到，这场由抑郁症引发的暗淡而恐怖的毛毛细雨，的确能以神秘且非同寻常的方式给人带来肉体上的痛苦。它和断胳膊断腿不同，其痛楚并不会被立刻感知。也许，绝望才是更准确的说法，如同被囚禁在一间奇热无比的房间里的人所感受到的那种地狱般的痛苦。它产生于栖息在病态大脑中的灵魂对大

脑所耍的一些邪恶花招。这只大蒸笼里透不进一丝风，
而人也无法从中逃脱，这样一来病人自然开始不停地想
要进入无意识的状态。

五

我怎么还不住进医院？

在小说《包法利夫人》中有一幕令人难忘，就是女主人公前去向乡村神父寻求帮助的那一段。与人偷情的爱玛因为感到内疚，心乱如麻，情绪也极为低落。在自杀之前，她跌跌撞撞地跑去向神父求助，想从后者那里找到摆脱困境的出路。可神父却是个迂腐不化的傻瓜，他只知道拉扯自己沾上了油污的教袍，心不在焉地冲他的教士助手们喊叫，以及重弹基督教的陈词滥调，独留心灰意冷的爱玛默默走上了那条绝望之路，那条为世人和上帝所厌恶的道路。

当我和我的精神科医生戈尔德（Dr. Gold）在一起的时候，我感觉自己就有点像爱玛·包法利。从巴黎一回来，我便立刻登门求诊，因为那时候，绝望已经开始敲着鼓点向我无情地一天天逼近。我此前从未有过向心理治疗师咨询的经历，所以难免会觉得有些尴尬，也有点戒心。我的病痛已变得如此剧烈，以至于我根本不相信，就这么简简单单跟另一个肉体凡胎聊上几句，就能消除我的病痛，哪怕那个人是精神疾病方面的专家。这和包法利夫人去见神父时的疑虑如出一辙。但我们的社会结构就是如此，当人们遇到危机，我们不得不向戈尔德医生这样的权威求助。这种做法其实也并非一无是处，因为在耶鲁受过教育、受到公众高度认可的戈尔德医生至少能为患者们提供一个消耗他们所剩无多的残存精力的事情；即使他给不了患者多少希望，至少也能给他们一些安慰；更何况在长达五十分钟的治疗过程中，他还成了病人尽情倾诉其痛苦的对象，这对病人的妻子来说，无疑是个巨大的帮助。尽管我对精神治疗在某些阶段（比如，在病情的初发期和轻型阶段，有时甚至是在病情严重爆发之后）的潜在疗效从未有过怀疑，但对像我这样的晚期病人有用我却毫无信心。我之所以向戈尔德医生求诊，其实是想让他帮我开点处方药。唉，这不过是像我这样已病入膏肓的患者生出的又一个怪异的妄想而已。

他问我是否有自杀倾向，我勉强回答说是。我没说得很具体——因为似乎也没必要，我也没告诉他，其实我家里的许多现成的器物都成了我自我毁灭的潜在工具：阁楼里的那几根木椽（屋外还有一两棵枫树）可用来上吊；车库则是吸入大量一氧化碳的好去处；浴缸应该完全容得下从被割开的动脉中淌出的鲜血；而厨房抽屉里的那些刀对我来说也只剩下了一个用途。死于心脏病发作这个主意似乎也挺诱人的，因为这样我就不用承担任何主动的责任，也就无须承受任何指责。我还想到一个能让自己感染上肺炎的好办法——只穿一件单衣到寒冷且下雨的树林里来上一次长途徒步旅行。我当然也不会忘了人为地制造意外事故这个办法，就像兰德尔·贾雷尔那样，到附近的高速公路上冲着迎面开来的卡车走过去。所有这些想法听上去似乎都荒唐透顶，甚至像是开过了头的玩笑，可它们确有其事。在那些信奉自强不息的健康美国人看来，这些想法无疑是令人反感的。但事实上，这些令健康人不寒而栗的可怕念头对严重抑郁症的患者们而言，就像性欲旺盛的人在光天化日之下也能产生性幻想一样，都是极其自然的事。戈尔德医生和我就这样开始了我们每周两次的对话治疗，我曾试图向他描述我内心的孤独感，可最终都徒劳无功。除此之外，我似乎也没什么别的可对他讲。

而他讲的那些对我来说价值也不大。虽然他讲的并非基督教的陈词滥调，但也不过是对着《美国精神病学协会精神病诊断和统计手册》（正如前文提到的，其中的许多内容我都已经读过了）照本宣科，效果自然也好不到哪里去。他为我开的镇静剂是一种叫路滴美[1]（Ludiomil）的抗抑郁药。这种药让我变得急躁且过度亢奋。服用十天后，由于我加大了服用的剂量，结果有一天晚上它阻塞了我的膀胱长达数小时之久。我将此情况告知了戈尔德医生，他对我说，要想将此药从我体内完全清除干净，需要大约十天，之后，我们才能开始试别的药。可对一个仿佛被绑在刑架上遭受折磨的病人来说，十天就像十个世纪那样漫长，更何况这十天的期限并未考虑到以下事实：即便开始服用新药，也至少需要数周的时间才能开始见效，而新药能不能真正见效，谁也不敢打包票。

1　药品主要成分为盐酸马普替林。

这便引出了一个在药物使用上的普遍问题。对于精神病学在药理学层面上对抑郁症治疗的不懈努力，人们应当给予应有的赞誉，比如说，用锂（lithium）来稳定躁狂抑郁症（manic depression）患者的情绪就是一项伟大的医学成就；同样的药物还被人们用来对许多类型的单相抑郁症进行有效预防。对某些中度或慢性的抑郁症，即所谓的内源性抑郁症（endogenous depressions），人们也已经证明，药物的确能起到非常重要的作用，因为它能改变危险性疾病的发展进程。然而，出于某些至今都尚不明了的原因，无论是药物治疗还是心理疗法，都未能阻止我病情一路下跌的势头。如果该领域里的那些相关权威——包括许多我认识并且尊重的医生——的断言值得听信，那我这种持续恶化的病情应该被归类于病势极其严重、病痛完全失控的极少数患者类型。尽管如此，对那些为大多数患者所乐于接受的成功治疗方法，我也并非视而不见。尤其在抑郁症的早期阶段，采取单一的认知疗法（cognitive therapy），或者将该疗法与药物治疗和其他不断发展中的精神病治疗方案相结合，效果会非常不错。毕竟，绝大多数患者并不需要住院，也没有自杀的企图或举动。在发明出能够立竿见影的药物之前，人们对用药物治疗严重的抑郁症尚无十足的把握，因为现有的药物不能明确而迅速地发挥效用（这是目前药物疗法普遍存在的弊端）。在抗生素被确立为一种正式的治疗方法之前，几乎所有的药都无法遏止大规模的细菌感染；在某种程度上，治疗抑郁症的药物目前也处于类似的境地，而要论危险性，后者亦不遑多让。

所以我对戈尔德医生提供的咨询并没有抱太高的期望。每次上门求诊，我们俩就继续各自的老生常谈。我现在说话还结结巴巴的——这时候，我说话的方式已经变得和我走路的样子一样，十分拖沓，速度极其缓慢。我敢肯定，听我讲话一定很令人厌烦，就跟听他讲话一样。

尽管对抑郁症的治疗方法尚无定论，但在系统和哲学的层面上，精神病学对了解抑郁症的起源做出了很大贡献。显然，还有很多东西需要人们进一步去了解（由于该疾病的特发性本质以及其各要素间持续的可互换性，还有许多问题仍是未解之谜），但有一个心理方面的因素已经得到了相当程度的确定，那就是"缺失（loss）"的概念。是否在所有方面都有缺失的表现，这就是抑郁症的试金石——不单在其发展的过程中如此，在其形成的根源上可能也是这样。我也是到后来才逐渐被这种理论说服的，我相信，童年的缺失对我来说是毁灭性的，它很可能就是我精神失常的病源所在。在对我的身体机能的退化进行跟踪调查的过程中，我在各方面都能感觉到缺失。它无处不在。自尊的缺失可谓其中最有名的一个；而我的自我意识当时几乎完全消失了，随之一同消失的还有任何自力更生的意识；这种缺失很快便会退化成对他人的依赖，进而发展成幼儿恐惧症（infantile dread），即病人担心会失去所有东西和所有与他关系密切的人。他会有一种极其强烈的对被抛弃的恐惧。甚至当我独自一人待在屋里，哪怕只是很短的时间，我也会变得提心吊胆。

每当回想起那段时期在我记忆中留下的各种印象，其中最怪异也是最令我尴尬的，就是我像一个年仅四岁半的男童，紧紧地跟在我备受煎熬的妻子身后，在商店里穿行。我一刻也不敢让前面这位有着非凡忍耐力的人脱离我的视线，她已成了我的保姆、母亲、安抚者、牧师，最重要的是，她是我的红颜知己——一个像是我的主心骨一样的重要顾问，她的智慧是戈尔德医生望尘莫及的。我还想斗胆再说一句，如果所有的抑郁症患者都能得到像我妻子给我的那种支持和帮助，那这种疾病的许多灾难性后果也许就能避免。然而同时，我的缺失感变得越来越严重，范围也越来越广。毫无疑问，当一个人的抑郁症发展到危险程度接近倒数第二个等级（在这个阶段，病人不再仅仅是在脑子里盘算着自杀，而是会开始将这种念头付诸行动）时，除了严重的缺失感，患者还会表现出对基本生活常识的遗忘，并且遗忘的速度还在一天天加快。病人还会产生强烈的依赖感。许多荒谬可笑的小物件——如我的老花镜、手帕、某一样写作工具——都成了我想疯狂占有的对象。哪怕短短一瞬间的摆放不到位都会令我惊恐万分，因为对我来说，每一个物件都是那个即将被抹去的世界给我留下的有形的记忆。

十一月在渐渐逝去，它萧瑟、凄清、寒冷。一个周日，有摄影师带着助手来给我拍照，因为我有一篇文章将要在某家全国性杂志上发表。至于那天照相的经过，除了当时外头正在下着那年冬天的第一场雪，别的我几乎什么都记不起来了。我只记得我的确在照着摄影师的要求尽量保持微笑。过了一两天，杂志社的编辑给我妻子打来电话，问可否有劳我再重新拍一次。他给出的理由是，我所有的照片，包括那些面带微笑的，"全都是一副痛苦状"。

我的病现在已发展到失常的阶段，所有能给我带来希望的认知已全部消失得无影无踪，和它们一同消失的还有对未来的憧憬。我的大脑已经受控于各种非正常的激素，它已不再是个思维器官，而成了一个被用来将自己遭受的各种痛苦分分秒秒都记录下来的工具。现在连上午的情况也变得糟糕起来。早晨，从人工合成的睡眠中醒来后，我只能无精打采地在四下走来走去。下午仍然是一天中最恶劣的时段，大约从下午三点开始，我便会忽然生出一种恐惧感，仿佛有一股毒雾滚滚而来，涌进我的大脑，逼我躺回到床上去。我会在那里一躺就是六小时，不省人事，像瘫痪了一样，就那么静静地凝视着天花板，等待着晚间某个时刻的到来。只要那个时刻一到，施加在我身上的酷刑便会顿时莫名地松缓下来，让我勉强能吞咽一些食物，然后再像机器人一样，千方百计地寻求下一轮那一两小时的睡眠。我怎么还不住进医院？

六

随着我的病情不断恶化，我越来越感到不安，

因为我意识到，一旦我决定销毁那个笔记本，

我也就同时做出了结束自己生命的决定。

多年来，我一直保留着一个笔记本。严格地说，它并不算是日记本，它所记录的事情种类纷繁，书写也杂乱无章。本子里记录的内容除了我自己，我并不愿让其他任何人过目或置喙。因此，它被我藏在了家中的一个隐秘之处。我并非在暗示那里面记录的都是些丑闻；尽管我的确希望能够保守住其中的隐私，可它们并没有我这个愿望所暗示的那般粗俗、邪恶和自我暴露。我一直打算让这个小本子在我的写作中充分发挥它的作用，然后等到将来的某一天，当养老院的幽灵朝我不断逼近时，再一把火烧掉它。所以，随着我的病情不断恶化，我越来越感到不安，因为我意识到，一旦我决定销毁那个笔记本，就意味着我同时做出了结束自己生命的决定。而在十二月初的一个夜晚，这个时刻真的降临了。

那天下午，我被人用车送到了戈尔德医生的诊所（我已经不能自己开车了）。在那里，医生告诉我，他决定让我开始服用一种叫纳地尔[1]（Nardil）的抗抑郁药。它并不算新药，但它的好处是不会像他以前给我开的另外两种药物那样引起尿潴留[2]（urinary retention）。但这个药也有弊端：服用之后可能四到六周内都不见效——这简直让我难以相信。而且，为了防止不相容的酶之间相互冲突而引起中风，我还必须严格遵守某些饮食的限制，所幸的是，这些限制与美食主义并未背道而驰（只是不能吃腊肠、奶酪和鹅肝酱而已）。戈尔德医生还煞有介事地告诉我，如果按最大剂量服用此药会有阳痿的副作用。在此之前，尽管我一直不太喜欢他这人的个性，却从未对他的智力产生过怀疑。而现在我真的不再那么确定。我也试着从戈尔德医生的角度去想，可我还是不明白，难道他真的以为，他眼前的这位已经油尽灯枯、半死不活之人，这个连路都走不稳、连气都喘

1　药品的主要成分为硫酸苯乙肼。

2　膀胱内充满尿液但不能按意志使其排出。

不上来的人，每天早上从酣乐欣带来的睡眠中醒来后，最想要的是男女之间的那点肉体之欢吗？

那天的治疗给我的感觉极不舒服，我在痛苦的状态下回了家，然后便开始为晚上做准备，因为会有几位客人来家里吃晚饭——对这类事情，我不害怕，但也不欢迎，其实这种态度本身（我的麻木与冷漠）正是抑郁症引人注目的病态之一。它涉及的并非一般的痛苦临界点，而是一种类似的现象：一旦痛苦持续的时间超出了人所能预见的极限，人便很可能会失去承受它的心理能力。人所遭受的痛苦，通常存在一个大致的幅度和范围，在这个范围内，我们相信痛苦必将得到缓解。正因为有了这种确定性，我们才能生出像超人一样的忍耐力。我们都在学习承受每一天，或者更长一段时间的生活里不同程度的痛苦，而大多数时候，我们都能幸运地从中解脱出来。每当我们感觉身体遭遇严重的不适，我们自幼养成的条件反射便会告诉我们，对病痛要予取予求，即要去承受它。面对病痛，你可能会勇敢地迎头而上，也可能会哭哭啼啼地怨天尤人，这当然由我们每个人性格坚强的程度而定，但无论如何，你都得把它承受下来。除非是那种特别棘手或者近乎极限的病痛，一般来说，我们几乎都能找到一些可以让疼痛得到缓解的办法。不管是睡眠、扑热息痛（Tylenol）、自我催眠、改换身体姿势，还是最常见的，依靠人体自身的康复能力，我们都期待它们能让病痛减弱。我们相信，病痛的缓解必将到来，因为那是对我们，作为一个善良的人、一个勇敢的病患、一个乐观向上的生活啦啦队员，最合乎情理的奖励。

可如果你得的是抑郁症，那这种获得拯救、康复的信心便不复存在。病痛是无情的，尤其让人无法忍受的是你心里的那种预期：这种疾病永远都治不好，无论是花上一天，一小时，一个月，还是一分钟。即使病情稍稍有所缓解，那也是暂时的，更多的病痛马上会接踵而至。人们的心灵之所以会被摧毁，更多的是因为绝望，而不是痛苦。通常，人们在生活中所做的选择都是将令人烦恼的情况变得不那么令人烦恼，或者从使人不舒服变得相对来说舒服一些，再或者从无聊单调变得活泼有趣；但如果得了抑郁症，那你能做的就只是从一种痛苦走向另一种痛苦。病症整天和你如影随形，令你如坐针毡，但你却一时一刻也无法摆脱它。这便给人们带来了一种异乎寻常的体验，用军事术语来描述就是"能行走的伤员"。在几乎所有其他的危险疾病中，当病人的病痛严重到与抑郁症相近的程度，病人们恐怕早就被直接送上了病床，很可能还得实施麻醉，并且浑身插满了连接生命维持设备的管线；可这些病人，他们至少处在一种休息的状态，而且是被安置在与他人隔离的环境中。在人们眼里，他们的病是无法避免的，是没有争议的，他们得这种病也没什么不光彩。但抑郁症患者们没有这样的选项，他们常常发现，自己就像战争中尚能行走的伤员，深陷在最令人难以忍耐的社会和家庭环境之中。尽管他的意识已经完全被病痛吞噬，他仍得摆出一副风平浪静、若无其事的面孔。他还得设法跟人交谈，回应别人的提问，比如，会意地点点头，皱皱眉，甚至——上帝呀，请帮帮他吧——还得微笑。别看从他嘴里挤出来的话寥寥无几，可其实那需要他使出九牛二虎之力才能办到。

比如在十二月的一天晚上，在病痛最剧烈的几个钟头里，我本可以像平时一样卧床休息，也可以选择加入

我妻子在楼下搞的一个晚餐聚会。可让我自己做决定，
这个想法本身就不实际。因为休息和吃饭这两件事对我
来说都是折磨，我之所以最终选择去吃晚餐，并不是因
为它有什么特殊的好处，而是因为我知道，反正二者带
给我的都将是痛苦，而且那种痛苦都极其剧烈，以至于
难分彼此，所以选择哪一个对我来说也就无所谓了。在
晚餐的过程中，我几乎不能开口说话。四位来宾全都是
我的老友，也都知道我的病情，他们很有礼貌，并未将
我的沉默寡言放在心上。再后来，用罢晚餐，坐在客厅
里，我感到内心在奇怪地抽搐着，我只能用"超乎绝望
的绝望"来形容它。它来自那寒冷的夜晚。在此之前，
我绝对不会相信世界上竟然有这样的痛苦存在。

朋友们都在炉火前安静地闲聊，我则先行告退回
到了楼上。我把那个笔记本从它藏身的隐秘之处取了出
来，然后径直去了厨房。我敢说，当时我的头脑绝对清
醒——清醒到能够意识到自己即将要履行一项庄严的
仪式。我搜罗来了许多家庭用品，它们都是些耳熟能详
的品牌，我甚至还清楚地记得印在那些用品上的商标图
案。我开始把它们拼凑起来，用来销毁我那个笔记本：

我打开一卷崭新的维瓦牌厨房纸巾，将笔记本裹了起来，然后在上面缠上一层苏格兰牌透明胶，再把它放进波斯特牌葡萄干的空包装盒里。我拿着它走到外面，把它塞进一堆明天一早就要被倒掉的垃圾深处。当然，一把火烧掉它也许会销毁得更快，可把它当垃圾扔掉则更符合自我毁灭的意味，而这也是抑郁症强烈的自我贬低倾向使然。我感觉自己就像一名面对着行刑队、等候被处决的犯人，心脏在剧烈地跳动。我知道，我已经做出了一个无法更改的决定。

许多处于深度抑郁状态下的人身上都会出现一种现象：总觉得有一个第二自我（second self）在时刻伴随着自己。它就像一个幽灵般的旁观者，丝毫未沾染上与其极为相似的同伴的呆傻。当其同伴在即将来临的痛苦前拼死挣扎，或者决定放弃和投降之际，它却在一旁平静而好奇地观望。所有这一切都颇具戏剧性。在接下来的几天里，当我不动声色地为自我毁灭做着准备时，我始终无法摆脱这样一种感觉，就是觉得这仿佛是一场情景剧，而在这出短剧里，即将成为自杀受害者的我，既是唯一的演员，也是唯一的观众。我尚未最后选定我离开

这个世界的方式，可我知道，那一步马上就要到来，而且会很快，它就像夜幕降临，无法逃避。

　　我在恐惧与迷茫中观察着自己，开始进行必要的准备。到附近的小镇上见我的律师，在那里重新写了一份遗嘱，并且花了两个下午胡乱应付了一封写给子孙后代的告别信。事实证明，自杀的遗书——我个人认为这是必须要写的——是我经历过的所有写作任务当中最难应付的一个。有太多的人需要提及，需要感谢，需要给予最后的夸赞。还有，我实在驾驭不了那挽歌般庄严肃穆的风格。而一些端着架子说出来的话在我看来酸腐到可笑的地步，比如，"很长一段时间以来，我感觉我的作品中精神失常的倾向越来越严重，这无疑反映出我的生活正在被精神压力所侵蚀"（这是少数几个我还能完整回忆起来的原句之一）。另外还有一些上不得台面的话，我觉得放进正式的遗嘱里不太合适，所以本打算把它们改得至少庄重、流利一些，可最后，它们被缩减成了几句含混且颇不充分的道歉，以及替自己开脱的辩解之词。其实，我本应该效仿意大利作家切萨雷·帕韦塞的做法。他在自杀前只留下了短短一句愤世嫉俗的名言：别再说了/行动行动/就此封笔。

尽管我只写了短短的几句话，但我还是觉得太过冗长，于是，我把这两天来的写作成果撕了个粉碎，然后毅然默默地走了出去。又一天深夜，天冷得出奇，我感觉自己很可能撑不到第二天了。我坐在屋子的客厅里，屋里的暖气炉出了点故障，为了御寒，我浑身上下裹了好几层衣服。妻子已经上床就寝，而我则强迫自己去看一部电影的录像带，影片中的一个小角色是由一位曾经参演过我话剧的年轻女演员扮演的。在电影中有一段情节发生在十九世纪后期的波士顿，剧中的人物沿着音乐学院的长廊前行，直到消失在视线的尽头。这时，背景传来一阵只闻其声不见其人的悠扬女低音，那是勃拉姆斯（Brahms）《女低音狂想曲》（*Alto Rhapsody*）中的一段。

这个声音，它和所有音乐一样——确切地说，是和所有赏心悦目的事物一样——犹如一把匕首直接扎进了我的心灵。好几个月来，我对音乐早已变得麻木，变得没有任何反应。可现在，昔日的回忆犹如迅猛的潮水径直涌了回来，让我重新想起了所有在这座房子和这个家庭里曾享受过的欢乐：在屋里跑来跑去的孩子们、各种节日、爱和工作、正儿八经的睡眠、人们的话语声和其他鲜活的声响，还有一群已伴随我多年的猫、狗和鸟，"笑声、能力和叹息/以及鬓发和衣裙"。我猛地意识到，这一切我都永远无法舍弃；我原先已决定要干的那件事，也绝不是我能忍心干得下去的，因为与那些宝贵回忆紧紧联系在一起还有和我关系最亲密的人。我开始强烈地意识到，我绝不能对自己做出那种亵渎之举。凭借着大脑中残存的最后一丝理智，我终于认识到，自己现在正处在一个生死攸关的境地。于是，我把妻子叫醒。她很快打了几通电话。第二天，我就被送进了医院。

七

对我而言，隔离和时间才是真正的良药。

戈尔德医生是我的主治医生，所以他被叫来给我办住院手续。奇怪的是，在我们以往的会面期间（尤其是当我腼腆地向他问起住院的可能性的时候），他一而再再而三地告诉我，住院很可能有损我的名誉，所以我应该尽量避免走到那一步。他的这个建议，无论从当时还是从现在来看，都是极具误导性的。我原以为精神病学的发展早已超越了将精神疾病的任何一方面，比如说住院治疗，同"有损名誉"这几个字联系在一起的阶段。医院，作为一个避难所，尽管它并非什么让人身心愉悦的地方，但它毕竟是一个能让病人上门求助的去处；尤其是当病患服用的药物已全然无效（就像我这样），或者当住院被当作在（与戈尔德医生的诊所）不同的环境中对病患进行延伸治疗的一种手段时，则更是如此。

　　当然，我不可能知道，假如换了另一位医生，他会向我推荐怎样的治疗方法，或者，他是否也会反对我走住院治疗这条路。许多精神科医生似乎对病患正在遭受的病痛类型及严重程度根本就不理解，他们只会固守其对药物的愚忠，认为那些药片最终一定能奏效，届时病患们的症状就会有所缓解，这样他们就不必住到医院那种沉闷的环境中去。显然，戈尔德医生也是这么认为的，可就我的情况而言，他确实错了。我本应该在几周前就住进医院，这一点毋庸置疑。因为事实上，医院可以说是我的大救星。说来真是有些令人难以理解，在医院这种艰苦朴素的地方——装有电动开关的门全都锁着，漆成绿色的走廊透着冷清和孤寂，救护车没日没夜地从十层楼之下传来刺耳的尖叫声——我头脑中的那场暴风雨减弱了许多。就是在这里，我找到了安宁。而所有这些，是我在我那幢安静的农场别墅里找不到的。

在一定程度上，这是隔离、安全感和把病人转移到一个新的环境后所带来的结果。因为即使是头脑还很迷糊的抑郁症病人，有一点他们也很能快看清楚：用来切那份难吃得要命的瑞士牛排的餐刀是用塑料做的，轻轻一掰就弯。这些从新环境中汲取到的信息让先前那种想拿刀扎进自己的胸膛的冲动消失了。医院给病人提供的这种突如其来的稳定环境对他们来说是一种温和、少有且令人满足精神冲击——病患们从一个过于熟悉而且充满焦虑和争执的家庭环境被转移到了一个有序亲切但受约束的区域，在这里，你唯一的任务就是努力康复。对我来说，隔离和时间才是真正的良药。

八

我感觉自己不再只是一个皮囊，一个躯壳，

而是一个实实在在的身体，

那里面又有各种鲜活的力量在萌动。

医院是供人歇息的小站，也是灵魂的净化所。刚进医院的时候，我的抑郁症已经十分严重，在有些医务人员看来，我绝对是实施电痉挛疗法（ECT），也就是众所周知的休克疗法的候选对象。在许多情况下，这的确是一种非常有效的治疗措施——经过多年的改进，电痉挛疗法又东山再起，并已基本将中世纪时期的坏名声抖落得干干净净。可尽管如此，人们显然还是希望能尽量避免采取这极端的一步。而我之所以不希望用它，是因为我的病情已出现好转，虽然进度缓慢，却颇为稳定。我很惊讶地发现，在我住进医院后没几天，我头脑中自我毁灭的念头便几乎全然消失了，这再次证明，医院的确能起到抚慰心灵的作用，它就像一个庇护所，能让患者的心情迅速地回归和平与宁静。

最后，我还必须就酣乐欣的使用敲一记警钟。我确信，在我住进医院之前，就是因为服用了这种镇静剂，我脑子里的自杀念头变本加厉，最后膨胀到了令人难以忍受的地步。我对此的笃信无疑源于住院后我同一位心理医生的交谈。当时我刚住进去没几小时，这位医生过来问我睡觉前都服用一些什么药物及剂量，我告诉他是0.75毫克的醋乐欣。听我说完，他的脸色顿时变得严肃起来，他立刻向我指出，那是一般处方安眠药服用量的三倍，而且对像我这样年纪的人来说，这么大的剂量是绝对不合适的。他们立刻给我换了另一种安眠药——达尔美因[1]（Dalmane），这种药与醋乐欣属同一类型，却是一种长效药。而且事实证明，至少在帮助我入睡这点上，它与醋乐欣的效果不相上下。但重要的是，我能感觉到，这次换药后不久，我头脑中自杀的念头开始逐渐减少，再后来便完全消失了。

近年来越来越多的证据表明，醋乐欣是导致易受攻击的个体产生自杀念头和其他异常思维的诱因。正因为它会导致这种反应，醋乐欣在荷兰已经被禁止使用，在

---

1 药品主要成分为单盐酸氟西泮。

美国，我们至少也应该对它的使用进行更严密的监控。在我的记忆中，我服用过量药物一事戈尔德医生完全知情，可他从未提出过任何质疑。想必他从未读过《医师药用指南》里的警告数据。虽然在服药过量一事上，我自己的粗心也难辞其咎，但我之所以会如此粗心，也是因为几年前，医生扔给我的那句平平淡淡的保证。那还是在我按处方开始服用安定文之前，当时的医生告诉我，这种药我想吃多少都可以，它不会有什么害处。一想到医生们居然如此随意地开出具有潜在危险性的安定剂，以及这种行为可能给病人带来的危害，是个人就会感到不安。当然，就我的病而言，酣乐欣并非唯一的罪魁祸首——当时，我的病情的确急转直下，仿佛掉进了深渊——但我相信，如果不是它（酣乐欣），我或许不会掉得那么深。

我在医院住了将近七周。并不是每个住进医院的人的反应都和我一样。人们应该谨记，抑郁症的表现形式多种多样，而且在许多方面都极其微妙——简言之，它在很大程度上取决于个人的行为和应对方式。对某些人来说是灵丹妙药的东西，对另外一些人来说却可能是个坑。但无论如何，人们绝对应该把挂在医院（我指的是当时的许多好医院）头上的恶名摘除，也绝不应该只把它看作别无选择时的最后手段。医院当然不是什么度假胜地。我住的医院（我有幸住进了全美最好的医院之一）也和其他所有的医院一样单调乏味。再加上我住的那个楼层集中居住着十四五位有自杀倾向的中年抑郁症患者（男女都有），所以人们应该不难想象，这里是一个听不到笑声的地方。我的状态当然不是因为这里的食物和飞机餐一样难吃，或偶尔能瞥一眼外面的世界而有所改善。空荡荡的娱乐室里，每天晚上播放的都是电视剧《豪门恩怨》和《解开心结》，以及哥伦比亚广播公司（CBS）的《晚间新闻》。但它们至少能让我意识到，我眼下找到的这家庇护所，虽然也是个疯人院，但与我刚刚离开的地方相比要亲切、温柔得多。在医院里，我终于享受到了抑郁症施舍给患者的唯一一点恩惠——它最终的投降。即便是那些尝试过所有治疗手段但仍都无济于事的病患，他们迟早也会看到风暴平息的那一天。如果他们能从这场风暴中顽强地挺过来，风暴的威力最终必将消退，直至消失。它来得诡秘，去得也莫名，当疾病走完它所有既定的程序，人们便能重获安宁。

　　随着病情日渐好转，我发现医院的日常运作伴有一幕幕人们习以为常的情景喜剧，令人感到烦躁不安。有人告诉我，集体治疗（Group Therapy）很管用。我绝对无意贬低那些对某些患者行之有效的疗法，但集体治疗，除了惹我生气之外没给我的治疗带来任何帮助，这也许和参与治疗的主持人有关：那位年轻的精神科医生留着铲子形状的黑胡子（年轻的弗洛伊德？），自负得令人生厌。为了让我们把各自得病的起因全盘吐露出来，他时而细语轻声，时而威逼利诱，有时竟把一两位身着睡衣、头戴卷发夹的女患者逼得绝望地哭起来；当然，在他看来，那都是令人欣慰的泪水。（我觉得，除了他，精神科其他的医务人员在对待患者的方式方法和同情心方面都堪称楷模。）在医院里，时间过得极其缓慢，而对于集体治疗，我能说出的好处只有一个：用它来打发时间倒还不错。

　　艺术治疗（Art Therapy）在我看来和集体治疗大同小异，不过是有组织的幼稚活动而已。我所在班级的组织者是位极其活跃的年轻女士，她的脸上永远带着一成不变且不知疲倦的微笑。她此前只在一所为精神疾病患者提供艺术教学课程的学校接受过简单的培训。即使是给年幼的智障儿童上课的老师，除非得到特殊的指示，否则也不会发出像她那种精心设计的轻笑和说话声。有时，她会解开一长卷画纸，让我们拿蜡笔在上面画一些图画，内容任我们自选。比如说：我的房子。而感觉受到了羞辱的我便怒气冲冲地照她说的画了一个正方形，再在里面画了一张门和四个对开的窗户，屋顶上有只烟囱正散发着缕缕轻烟。结果，她却表扬了我一大堆。几周后，随着我的健康状况的改善，我的幽默感也有所提高。有一天，在彩色制模课上，我玩心顿起，先是做了一个露出獠牙的恐怖的绿色小骷髅头，我们的这位老师看完之后评价道，这件作品绝妙地再现了我所患的抑郁症。接着，我跳过中度康复阶段，直接又做了一个长着一张红扑扑的脸蛋的娃娃头，它满脸带笑，仿佛在向每一个人发出"祝您愉快"的问候。而那天，正好赶上我刚刚获得出院许可，于是我的这件作品让我的老师（出乎我的意料，后来我渐渐喜欢上了她）着实欢喜，她告

诉我，这个作品不仅标志着我恢复了健康，而且也是通过艺术治疗可以战胜疾病的又一例证。

这时，时间已至二月初。尽管我的状况仍不太稳定，可我知道，我已经脱离黑暗，进入了光明。我感觉自己不再只是一个皮囊，一个躯壳，而是一个实实在在的身体，那里面又有各种鲜活的力量在萌动。我还做了一个梦，好几个月来头一回。梦的内容有些莫名其妙，但直到今天，我都记忆犹新：梦里好像有一根长笛、一只野鹅，还有一个跳舞的女孩。

九

一定得有人让他们相信，

等到疾病走完它所有该走的程序，他们就能渡过了难关。

截至目前，即便在那些经历过最为严重的抑郁症的人当中，绝大多数人不但活了下来，而且还活得跟那些没得过这种病的人一样有滋有味，除了留下一些可怕的记忆，即使最严重的抑郁症也很少会给人造成永久性的伤害。事实上，它给人带来的是一种西西弗斯式的永无休止的烦恼，因为有许多——将近一半——患者在经历过一次不幸后，还会再次受到它的攻击。抑郁症有复发的可能。而大多数患者即使遭遇了复发，也常常能更好地应对它，因为以往与病魔斗争的经验让他们有了心理准备。对那些正在遭受这个病魔摧残的人，有一点是非常重要的，那就是，一定得有人让他们知道——不，是得让他们相信——等到疾病走完它所有该走的程序，他们也就渡过了难关。这个任务的确非常艰巨。自己安安稳稳地站在岸上，却冲在水里挣扎的溺水者高喊"把头抬起来"，对后者来说，无异于是一种侮辱。然而事实一次又一次地证明，如果能得到人们充分的鼓励，以及坚定且热忱的支持，那些濒临毁灭的病人几乎总能转危为安。绝大多数患者在落入抑郁症的魔掌之际，出于这样或那样的原因，都会陷入不切实际的绝望之中，一些对疾病及其危害的夸张描述令他们备受折磨，然而那些描述与事实并不相符。这时候，可能就需要他们的朋友、爱人、家属或者仰慕者，拿出宗教般的虔诚来说服这些患者，让他们相信生命值得一活，而不是他们自己认为的毫无价值。也正是这份虔诚，曾阻止过无数自杀的发生。

在我的健康开始恶化的那个夏天，我的一位密友——一位著名的报刊专栏作家——也因患上严重的躁郁症而住进了医院。待到秋天开始，我的病情变得急转直下，而我的朋友却已然康复（很大程度上是因为服用了锂盐，还有后来采取的心理治疗）。那段时间我们俩几乎天天电话联系：是他给了我不懈而宝贵的支持；是他一直开导我，并且告诉我，自杀是绝对"不可接受的"（他自己也曾有过强烈的自杀倾向）；也是他让我开始觉得，住院治疗并非像我以前想象的那么令人恐惧。直到今天，我对他给我的关心仍万分感激。他后来也曾告诉我：帮助我，对他自己而言，也是一种治疗的延续。这段经历证明，抑郁症的经历对我也并非一无是处，至少它带来了持久的友谊。

当我在医院中开始康复时，我这才头一次真正严肃地想要弄明白，为什么我会招致如此的大难。将抑郁症作为研究对象的精神病学著述非常丰富，其中关于该疾病起源的理论就多如牛毛，甚至与恐龙灭绝或者黑洞起源的理论相比，在数量上毫不逊色。这些理论的数量之多也恰好证明了这种神秘的疾病的确令人捉摸不透。最初的触发机制，也就是我所说的"显性危机"究竟是什么？如果说是因为突然戒酒才导致我的病情急转直下，这种解释真的能让我自己满意吗？有没有其他可能性呢？比如说，事实就是，差不多就在抑郁症向我发起进攻的同一时间，我刚好满六十岁，途经向死之路上的一块庞大且笨重的里程碑。有没有可能是因为我对自己的写作进展隐约有些不满呢？在我的写作生涯中，我曾屡

遭惰性困扰，也曾因此招致很多的批评和不满，而在那
段时间，这份困扰来得比以往更为强烈，可能连带着把
戒酒引起的问题也一并放大了？这些问题也许永远都不
会有答案。

　比起这些问题，这一疾病的早期发端让我更感兴
趣。究竟是哪些被人们遗忘或者掩盖的事件能为抑郁症
的发展及其后期的严重恶化提供最终解释呢？在我亲身
经历了疾病的攻击和它的终结以前，我从未认真思考过
我的作品与我的潜意识之间所存在的联系，因为那是文
学侦探们的研究范畴。可当我恢复了健康，当我能对自
己过去经受的磨难进行反思时，我才开始清楚地发现，
其实抑郁症已经在我的生活边缘逡巡了多年。自杀是我
书中永恒的主题——我的作品中，有三位主要人物都
走上了自杀之路。多年来头一次，我重读了自己的一系
列作品。在重读的过程中，我惊讶地发现，在描述我的
女主人公跌跌撞撞地踏上死亡之路的章节里，我对她
们的抑郁状态，以及导致她们最终走向毁灭的心理失衡
的描述是那么逼真，那么准确，它只能是出于本能，出
自写作者在错乱情感的干扰之下的潜意识。所以，当抑

郁症最终降临到我的头上时，它其实并不陌生，它甚至不算是一位不速之客。因为几十年来，它一直都在轻敲吾门。

我相信，这种不健康的状态是从我幼年开始逐渐发展起来的。我父亲在他一生中大部分时间里都在与这个神秘的病魔搏斗；在我还是小孩的时候，他就因病情急剧恶化被送进了医院，现在回想起来，他当时的情形和我后来所经历的简直如出一辙。抑郁症的起源与遗传有着密切的关系，对这一点如今人们似乎已没有争议。但我相信，一个比遗传更重要的原因是母亲在我十三岁时便离开了人世，那种混乱和孩提时期的悲伤——父母，尤其是母亲，在孩子青春期以前或期间去世或者失踪——在与抑郁症相关的诸多文献中屡见不鲜。这种创伤很可能造成无法挽回的情感混乱，尤其当年幼者受到所谓"未完成的哀悼（incomplete mourning）"的影响，这种威胁便会更加明显——实际上，正是因为他们未能把悲伤彻底地宣泄掉，才会在之后的多年里一直背负着无法承受的心理负担，那负担里不仅有长期被压抑的悲痛，也有愤怒和自责。而所有这些都可能成为自我毁灭的种子。

霍华德·库什纳（Howard Kushner）在他那本关于自杀的新书《自我毁灭于应许之地》（*Self-Destruction in the Promised Land*）里对"未完成的哀悼"这一理论的论证令人信服。库什纳本人并非精神病学家，而是社会历史学家。他在书中列举了亚伯拉罕·林肯的例子。林肯患有躁郁症，对这一点人们早就有所耳闻，但很少有人知道，林肯年轻时还常常陷入想要自杀的精神混乱中。他曾不止一次差点就做出结束自己生命的举动，而他这种暴躁的行为似乎与他的母亲南希·汉克斯（Nancy Hanks）的去世有着直接关系。母亲去世时林肯才九岁。十年后，他的姐姐也去世了，这更加深了他那原本就未能完全宣泄出来的悲伤。但林肯并没有走上那条绝路，他痛苦的生命历程启发了库什纳：虽然幼年丧失父母的确会导致个体产生自我毁灭的倾向；但另一方面，它也有可能幸运地成为这个人长大之后应对世事的策略——它可以帮助个体应付内疚和愤怒的情绪，也可以帮助他们战胜自杀冲动。这种和解也许与人对不朽的追求密切相连，林肯通过取得为后人景仰的丰功伟绩来战胜死亡，一如作家通过传世经典来征服生命的时限。

假如"未完成的哀悼"理论成立（我对此深以为然），假如说在自杀行为的深处，是自杀者在与潜意识里巨大的丧失感做斗争的同时，努力克服丧失感所带来的各种灾难性影响的话，那么放弃自杀可能正是我在向母亲表达迟来的敬意。在我进行自我拯救之前的最后几小时，当我听到勃拉姆斯的那段《女低音狂想曲》时——我曾听母亲哼唱过它——我能清楚地感受到母亲就在那里。

十

我们便走了出去，再次看见了满天繁星。

英格玛·伯格曼（Ingmar Bergman）早期有一部电影叫《犹在镜中》（*Through a Glass Darkly*）。影片在接近尾声时有这么一段：一位年轻女人因为疾病发作产生了可怕的幻觉，她得的似乎就是严重的精神病性抑郁症[1]（psychotic depression）。她原本指望上帝会垂青于她，指望会有某种超脱尘世的救援降临，可她看到的却是一只怪兽般的大蜘蛛，抖动着身体，甚至企图性侵她。这恐怖的一瞬反映出的是抑郁症残酷的事实。尽管伯格曼也曾饱受抑郁症的折磨，尽管他也拥有高超的艺术表现力，但影片却仍让人觉得未能真实再现被疾病淹没的大脑所产生的那种可怕幻觉。自古以来——在《约伯记》的哀歌里，在索福克勒斯和埃斯库罗斯的歌

1　一种严重的抑郁症，伴有某种形式的精神错乱，如幻觉和错觉。

116

队吟唱中——为了找到描述抑郁症最为恰当的词语，那些为人类精神书写历史的人们绞尽了脑汁。抑郁症这个悲伤的主题经久不息地横贯整个文学和艺术的发展历程——从哈姆雷特的独白到艾米莉·狄金森和杰拉尔德·曼利·霍普金斯（Gerard Manley Hopkins）的诗句，从约翰·邓恩（John Donne）到霍桑（Hawthorne）、陀思妥耶夫斯基（Dostoevski）和坡（Poe），还有加缪、康拉德以及弗吉尼亚·伍尔芙。在阿尔布雷希特·丢勒（Albrecht Dürer）的版画作品中，也有许多他对自己所患抑郁症的痛苦描绘。凡·高那幅歇斯底里的名画《星空》是这位艺术家行将陷入痴呆和自我毁灭的前兆。贝多芬（Beethoven）、舒曼（Schumann）和马勒（Mahler）的音乐也经常被这种痛苦染上一抹淡淡的颜色；而在巴赫（Bach）那些更加忧郁和深色调的康塔塔[1]中，它更是无处不在。但是，以大量隐喻的手法将这种常人难以想象的痛苦忠实地描绘出来的人是但丁（Dante）。在他那些人尽皆知的诗句中，他预言了未知

---

[1] 具有歌颂性或抒情性的声乐套曲，包括独唱、重唱及合唱，有管弦乐队伴奏。

的、即将到来的黑暗的挣扎。直到今天，这些预言仍让世人浮想联篇：

> 在我们人生的中途，
>
> 我发现自己步入的是一片幽暗的森林，
>
> 因为我已把正确的道路迷失。

诚然，但丁的这些诗句常常能唤起人们对抑郁症的无边遐想。可那些阴森可怕的预言也将该诗中最有名的那几句（在诗的结尾，充满希望的那一段）的光彩掩盖了下去。对绝大多数有过亲身经历的人而言，抑郁症的恐怖绝非言语所能描述，所以我们经常发现，即使在那些最伟大的艺术家的作品当中，也常常会透露出一丝力不从心的沮丧。为了能清楚地阐明它真正的内涵，人类无疑会在科学和艺术领域中继续探索下去。对经历过它的人来说，有时，它简直就是我们世界所有恶的拟象：日常生活中的纷争与混乱，我们非理性的认知，战争与犯罪，虐待与暴力，以及我们对死亡的冲动与逃离。令人难以忍受的是，在历史的进程中，它们从未缺席，一直伴随着我们。如果我们除了上面的这些不会再有别的生活方式，那我们就应该，而且活该被毁灭；即便抑郁症不能结束我们的生命，我们还可以选择自杀，这也是唯一的补救办法。但抑郁症并不意味着灵魂的彻底灭亡，这一点早已为人们所证明，无须再做口舌之辩。而所有那些从这场疾病中康复过来的男男女女（他们多得数不胜数）都能证明一点——抑郁症唯一的优点可能就是，它是可以被战胜的。

对那些曾在抑郁症的幽暗森林中栖息过，并了解那种难以名状的痛苦的人，他们从痛苦的深渊中返回的过程与诗人但丁笔下升入天堂的过程并没什么两样。他们从地狱最黑暗的深处向上攀升，再攀升，最终进入一个他们眼中"光明的世界"。在那里，所有恢复了健康的人们都几乎重新拥有了获得安宁和幸福的能力。对那些从这场"超乎绝望的绝望"中坚强地挺了过来的人，这也许是最好的补偿。

我们便走了出去，再次看见了满天繁星。